작고 귀여운
나의 행복

작가 고유의 글맛을 살리기 위해
'한글 맞춤법'에 맞지 않는 일부 표현은 수정하지 않았습니다.

작고 귀여운
나의 행복

밀리카

내 행복, 작고 귀엽고 소중해
냉장고에 얌전히 나를 기다리는
조각 케이크만으로 행복해지는걸

아이스크림을
사자마자 떨어뜨린다면

아이스크림을 사러 들어가는 가게 입구에,
방금 샀을 게 분명한 동그란 모양의 아이스크림콘이
통째로 떨어져 있었다.
같은 크기의 아이스크림을 살 생각이던 나는
그 모습을 보고 오늘은 '과자콘'이 아닌
'종이컵'에 담아야겠다고 마음을 바꿨다.
누군가의 실수나 혹은 애석한 불행은
다른 누군가에겐 그걸 피해 가는 힌트가 되어준다.

돌이켜보면 나는 성공보다는 실수가, 기쁨보다는 슬픔이,
의욕보다는 우울함이 더 많았던 사람이었다.

그래서 나는 살아오면서 만든 숱한 철없는 실수와
원치 않았지만 경험한 슬픔 또는 자잘한 불행과 우울을
기록이라도 해야겠다 생각했다.
나의 실수와 애석한 불운을 보고
어느 누군가에겐 그걸 피해 가는 혹은 헤쳐 나가는
작은 힌트라도 되면 좋겠다는 바람으로.

마치 아이스크림 가게 입구 앞에
통째로 낙하된 아이스크림을 보고,
적당한 긴장감이 생기는 것처럼.
과자콘을 택한다면 아이스크림이 단단하게 고정되었는지
체크해야겠다고 여기거나,
문을 열고 나갈 때 조심해야겠다 다짐하는 것처럼.
또는 차라리 오늘은 종이컵에 주문해야겠다는
작은 안전을 택하는 것처럼 말이다.

혹여 누군가 내 책이 어떤 내용이냐 묻는다면,
신이 나서 샀지만 덜렁거려서 혹은 운이 안 좋아서
가게를 나오자마자 아이스크림을 떨어뜨린
이야기들뿐이라고 말할 것 같다.
어느 누가 31가지 아이스크림 종류 가운데
신중하게 고른 최선의 아이스크림이
한 입도 먹기 전에 바닥으로 떨어져 버릴 줄 알았겠는가.

누군가는 이깟 아이스크림이 뭐라고
오늘 하루 전체 기분을 망치느냐고
너무나 우울해져 버린 나 녀석을 격려할지도 모르고
누군가는 그러게 좀 조심하지 그랬냐며
가뜩이나 속상한 나 녀석을 끝내 울렸을지도 모르고
누군가는 내가 하나 새로 사 줄 테니 기운 내라고
나 녀석을 감동하게 했을지도.

아니면 그 누구의 위로도, 격려도, 탓함도 없이
그저 나 홀로 바닥에 떨어져 야속하게 녹아가는
아이스크림을 바라보고 있었는지도.

나는 지금 어딘가에서 아이스크림을
손에 들고 나오자마자 떨어뜨린 누군가를 떠올린다.

남들에게 위로를 구하기엔 구차하고
엄청난 실패라고 하기엔 시시하고
크나큰 좌절이라고 하기엔 하찮겠지만
떨어뜨린 아이스크림 때문에 너무나 속상할
누군가의 안타까운 얼굴에 진심으로 공감한다.

당신은 결코 혼자가 아니라는 공익광고 문구가 있다.
나는 거기에 기대어 말해 본다.

아이스크림을 떨어뜨려 황망한 누군가에게
당신은 결코 혼자만 바보가 아니라고.
"저도 좀 전에 아이스크림 떨어뜨렸어요.
그 옆에 떨어진 커다란 민트초코 맛 아이스크림
보이시죠? 그게 저랍니다."라고 말이다.

차례

1부
소소한 것들을
위하여

2부
내가 내 편이
되어줄게

3부
우리 같이
행복해요

4부

주변엔 사랑이
가득해

1부

소소한 것들을 위하여

우아하게
살고 싶다

사람이 자고로 나이가 들면
'우아'하게 살아야 한다는 조언을 많이 듣는다.
정숙하고 품위 있고 기품 있게 행동하는 게
나이 든 사람으로서 걸맞은 행동이라고.
천성이 철없는 나로서는
우아한 어른으로 나이 든다는 건 쉽지 않겠다 싶어진다.

그저 바라는 게 하나 있다면,
나이가 들어도 좋아하는 것을 보면 망설임 없이
"우-아!" 하는 감탄사를 지르며 살고 싶다.
특히 작고 귀여운 존재 앞에서 너무 좋아 발을 동동 구르며
"우-아!" 하는 환호성으로 행복을 표현하면서 말이다.

계란찜만큼의
거짓말

'어머님은 자장면이 싫다고 하셨어.'라는 노래 가사가 있다.
엄마도 자장면이 먹고 싶었지만,
수중에 본인 자장면까지 살 돈까지는 없어
어린 자식에게 자장면이 싫다고 말했다는.
노래 속 엄마가 거짓말했던 것처럼
그 곡을 들을 때면 살면서 할 수밖에 없었던
사사로운 거짓말들이 떠오른다.

거짓말.
이 단어 자체는 뭔가 멀리해야 하는
부정의 기운이 가득하다.
솔직하지 못하다는,

거짓으로 꾸미거나 진실을 숨긴다는 뜻이므로.
하지만 내게 있어 거짓말은
솔직할 수 없기에 차라리 거짓으로라도 꾸며야 했고
때로는 진실을 숨겨야만 했던 슬픈 단어다.
그렇다고 해서 엄청난 무게의 거짓말은 아니다.
엄마가 자장면이 싫다고 별것 아닌 듯 내뱉는 거짓말.
하지만 지금 생각하면 애잔해지는 거짓말이 내겐 있는데
그중 하나는 계란찜에 관한 거다.

학창 시절 매운 떡볶이로 유명하다는 맛집에
친구 2명을 대동하고 간 적이 있다.
당시 아빠의 사업이 어려워져 용돈이 거의 없던 나에게는
유일하게 붙어 다니는 친구들이었다.
나보다 집안이 여유로운 데다 심성이 착한 친구들은
방과 후 주전부리를 먹을 때면 내 몫까지
살갑게 챙겨주었다.

우리는 떡볶이나 튀김 같은 것을 먹고 나서
언제나 입가심으로 신호등이라는 초록색 빨간색 노란색
세 가지 색상의 사탕을 하나씩 나눠 먹었다.
그 친구들이 얼마나 착했냐면
모두가 초록색을 가장 좋아했는데도
늘 나에게 양보해 주었을 정도다.

늘 친구들에게 얻어먹기가 미안했는데
오랜만에 세뱃돈을 받아 용돈이 생긴 나는
오늘은 내가 쏘겠다는 선언을 하고
근처에서 맛집으로 꽤 유명하지만
학생들이 선뜻 가기엔 가격대가 있는 편인
그 떡볶이집에 친구들을 데리고 갔다.
매콤한 떡볶이로 볼이 빨갛게 된 사람들의
"사장님 여기 물 좀 더 주세요."란 말이
아카펠라처럼 이어지고, 나이가 지긋하신 사장님께선
자상하신 표정으로 테이블을 살피시며
다 먹은 반찬을 채워주는 식당이었다.

"맵다 매워." 하면서도 젓가락을 놓지 못하고
콧잔등에 송송 맺힌 땀방울은 닦을 새도 없이
허겁지겁 먹는 어린 우리를 보시더니
"계란찜 좀 줄까?"라는 말을 건네셨다.
마치 잘 먹는 반찬을 눈여겨봤다가
살뜰하게 채워주는 자애로운 엄마 같은 미소와 함께.

3인분의 떡볶이를 여기에서 먹고
주머니 속 남은 2천 원으로는
친구들에게 오늘은 신호등 사탕이 아닌
아이스크림을 사줄 서프라이즈를 염두에 두었던 나로서는,

사장님께서 큰 아량으로 베푸시는 서비스가
그저 황송하고 감사했다.

다른 테이블에는 하나같이 계란찜이 올라가 있었지만,
돌아가는 차비와 친구들에게 사줄 아이스크림까지 생각하면
계란찜은 넘보면 안 되는 영역 같았다.
그렇기에 사장님께서 나긋한 말투로 건네시는
"계란찜 좀 줄까?"는 너무나 따뜻했다.
마치 계란찜의 온기처럼.
"네, 주시면 잘 먹겠습니다. 감사합니다."
하고 고개까지 꾸벅 숙였다.
보슬보슬하고 부드러워 얼얼한 혀를 가라앉혀주는 계란찜은
떡볶이와 곁들이기엔 최상의 조화였다.
나는 사장님 정말 친절하시다는 폭풍 칭찬을 끊임없이 하며,
떡볶이가 매워서인지 사장님께서 뻔히 보이는
빡빡한 내 주머니 사정을 알아주시는 것 같아서인지
눈물까지 찔끔 흘렸다.

그런데 나의 그런 추측은 너무 순진했다.
계산하려는데 영수증에
계란찜 2천 원이 선명하게 찍혀 있었기에.
그렇다고 "계란찜 좀 줄까?"라고 서비스처럼 말씀하시고
왜 돈을 받으세요?

혹은 추가 계산이라는 말을 왜 미리 안 해 주셨어요?라고
따져 묻는 것이 소심하고 어린 나로서는 용기가 나지 않았다.

집에 돌아갈 버스비를 빼고 남은 돈 2천 원으로
아이스크림까지 친구들에게 완벽하게 쏠 생각이었는데,
계란찜으로 인해
천 원짜리 한 장과 백 원짜리 동전 열 개를
주머니에서 주섬주섬 꺼내
어영부영 지불하는 상황이 어리둥절했던 나는
그런 마음을 들킬세라 친구들 앞에서는
아무렇지도 않은 척하면서.

친구들이 오히려
"사장님 이상하시다.
서비스로 주실 것처럼 말하고 왜 받으시지?" 하며
나를 위로해 주었지만 나는
고작 2천 원인데 뭘.
어차피 맛있게 먹은 건데 뭘.
식당에서 돈 받고 파는 게 당연한데 뭘.
겨우 계란찜인데 뭘.
하며 끝도 없는 거짓말을 늘어놓았다.

그건 분명 거짓말이었다.

속마음은 "계란찜 좀 줄까?"에 숨겨진
'2천 원 추가 계산이란 전제하에.'를
기본적으로 해석하지 못한 나의 둔함과,
공짜일 거라는 생각에 들뜨기만 했던
성급한 오두방정이 문제였겠지만,
떡볶이를 먹는 내내 진짜 친절하시다며
폭풍 칭찬하던 사장님이 갑자기 너무 미워졌기 때문이다.

"사장님은 말이야…. 우리한테 왜 서비스처럼 말해놓고서 말
이야…."라고 친구들과 투덜거리고 싶었지만
그랬다가는 간만에 친구들에게 있는 척을 하며
떡볶이를 쏜 나의 작은 허세가 무너질까 봐 두려웠다.

친구들과 헤어지고 혼자 집으로 돌아가는 길에
그만 참았던 눈물이 터졌다.
계란찜을 잘 먹긴 했지만
아무리 생각해도 으슥한 골목길에서 선배 언니한테
삥 뜯긴 것 같은 분함이 몰려왔다.
하지만 나는 끝까지 거짓말을 했다.
그날 일기장에 구구절절 계란찜에 대한 이야기를 써놓고
마지막 구절엔 "내가 절대로 그깟 2천 원이 아까워서가 아니라."
는 말을 강조했기 때문이다.

하지만 이제는 솔직히 고백한다.
그때 계란찜 값으로 본의 아니게 지불했던
나의 2천 원은 그깟 2천 원이 아니었음을.
어쩌면 더 화가 났던 대상은
계란찜 가격을 받았던 사장님이 아니라
고작 2천 원 내는 것에도
벌벌 떨고 여유가 없던 나의 현실이었는지도.

매번 신호등의 초록색 사탕을 양보해 주었던
착하디착한 친구들에게
오늘만큼은 아이스크림으로 보답해 주고 싶었던
나의 작은 소망마저 어렵다는 것을 확인하고,
앞으로 내 미래엔 초록색 신호등 같은 평탄함은
영영 없을 거라는 절망을 가지게 될까 봐.

나는 그렇게라도 거짓말을 하며
애써 내가 처한 현실을 모른 척하고 싶었는지도.
그깟 2천 원에 심장이 요동치는
허접한 주머니 무게를 들킬까 봐
전전긍긍하는 초라한 현실에
어린 내가 무너질까 두려웠는지도.

이게 내가 기억하는 솔직할 수 없었던

진실을 숨겨야만 했던 계란찜에 관련된 거짓말이다.
그때나 지금이나 나는 거짓말을 많이 하고 있으며
앞으로도 거짓말을 하며 살 것이다.

내 초라함이 들킬까 봐
내 궁색함이 드러날까 봐
내 빈약함이 보일까 봐

그렇게 2천 원어치 계란찜만큼의 거짓말을 하면서 말이다.
어쩌면 나는 나의 그런 거짓말을 응원한다.
나의 초라함까지 솔직하게 드러내고 산다면
나처럼 연약한 사람은 버티지 못할지도 모르니까.
그때 그깟 2천 원인데 하면서
손을 바들바들 떨며 계산하던 내 모습을
모르는 척 넘어가 준 친구들에게 진심으로 고맙다.
내 괜찮은 척을 아슬아슬하게 지탱해주던
거짓말에 기꺼이 속아주었으니까.

그래서 나는 만약 누군가
어머니처럼 자장면이 싫다는 뻔한 거짓말을 할 때
그깟 2천 원짜리 계란찜인데 하면서도
머뭇거리는 손길이 느껴지는 뻔한 거짓말을 할 때
구태여 캐묻지 않고 속아주는 사람이 되고 싶다.

그 시절 "그깟 2천 원짜리 계란찜으로 낸 돈이
결코 아까워서가 아니다!"라고 일기장을 마무리했던,
비록 울어서 눈은 퉁퉁 부었지만
한 방울의 눈물도 흘리지 않은 것처럼 꿋꿋한 표정을 지으며
잠들었던 어린 나처럼.

앞으로 살아가면서 혹여 2천 원짜리 계란찜만큼의
초라함, 슬픔, 궁색함, 당황스러움을 마주하게 되어
세상 다 산 것 같은 절망으로 무너질 것 같을 땐
끝까지 나 자신에게 거짓말을 하기를.

그깟 일 아무것도 아니다.
그깟 일 별거 아니다.
그깟 일 사는 데 아무 지장 없다고 말이다.
그깟 걸로 기죽지 말라고 말이다.

그때 "계란찜 좀 줄까?"라고 물으셨던
사장님이 무슨 죄가 있으시겠나.
덕분에 이젠 그런 권유를 듣게 된다면
서비스예요? 아니면 추가 결제예요?라고
넉살 좋게 묻는 맷집 정도는 생겼으니까.

1층 립글로스와
7층 식당가 냉면

나는 미니멀 라이프를 지향하는 사람이다.
이 부분에서 오해를 방지코자 정확한 팩트를 짚어 보자면,
지향은 지향일 뿐 결코 미니멀 라이프를
잘한다는 뜻은 아니다.
오히려 미니멀 라이프를 하기엔
타고난 성정이 물욕으로 넘치니까.

물만 먹어도 살이 붓는 사람일수록
체질 개선에 관심을 가지게 되는 것처럼,
평범한 소비라고 여겼는데

어느새 집안이 물건으로 가득 채워지는 사람에겐
미니멀 라이프라는 생활 태도 개선은
큰 도움을 주고 있기에.

그런데 소비와는 거리가 멀어보이는
미니멀 라이프와 어울리지 않게
내가 예나 지금이나 즐겨 가는 장소 중 하나는
백화점임을 고백한다.

백화점이란 무엇인가?
'한 건물 안에 의식주(衣食住)에 관련된 여러 가지 상품을 부
문별로 진열하고 조직·판매하는 근대적 대규모 소매상'이라는
지식백과 설명대로 소비하기엔 최적의 장소다.

가지고 있는 물건을 비우기도 분주한 내가,
미니멀 라이프에 관심이 적지 않은 내가,
백화점에 힐링하러 간다고 선뜻 말하기엔 괜히 주저되지만
나의 소비 욕구를 건강하게 해소해 주는 곳은
백화점이 분명하다.
구체적으로 말하면 내가 생각하는 백화점에서의 '소비'란
'소소한 낭비'의 줄임말이다.
마냥 화려해 보이는 백화점이지만
내 기준 백화점만큼 의식주에 관련된

소소한 낭비를 하기에 최적의 장소는 없다.

우선 화장품 판매대가 있는 1층부터 시작한다.
백화점 특유의 화장품 향기에 취해
마음마저 덩달아 봉긋하게 들떠
새로 나온 립글로스를 테스트용으로 발라보면서,
이게 내 얼굴에 정말 어울리는 건가?
백화점 조명발로 예뻐 보이는 착각인 건가?
의심을 거듭하다 최종적으로 선별된
2~3만 원 정도의 립글로스 한 개를 산다.

립글로스가 들어 있는 자그마하고 예쁜 쇼핑백을
달랑달랑 흔들면서 지하 1층으로 내려가면
거기엔 세상의 온갖 달콤하고 맛난 음식 냄새가
사람을 무장해제 시킨다.
시식용으로 나온 빵을 새가 곡식을 집어 먹듯
부지런히 먹다 유명 베이커리가 팝업 스토어로
들어온 곳에서 두어 개를 신중하게 골라
1만 원 내외에서 산다.
백화점 내 카페에 잠시 들러 커피도 한잔 마시고,
2층 영 캐주얼 코너에 가서
요즘 젊은이들은 요즘 이렇게 화려하고 힙한 옷을 입네!
감탄하며 구경하고,

3층 여성 코너로 올라가 저 가디건은
엄마 생일 때 선물로 사 드리면 좋아하시려나.
이 블라우스는 평상시에 입기엔 너무 튀려나. 하며
마네킹이 입은 신상 패션을 눈으로 감상한다.
마치 잘 다듬어놓은 정원을
유유자적 산책하는 기분으로.

그러다 에스컬레이터 근처
행거에 걸려 진열된 이월상품 중
저렴한 옷 판매대를 마주하고
득템할 게 없나 열정적인 마음으로 살핀다.
맘에 드는 디자인은 사이즈가 품절이고,
사이즈가 맞으면 원하는 색상만 다 팔린
이월상품 머피의 법칙을 새삼 확인한다.
아쉽기도 하지만
이미 내 옷장은 포화상태라는 것을 떠올리고
한편으로는 다행이라 생각한다.
이월상품 의류는 못 샀지만,
그 옆 매대 1만 원에 균일가 세일하는
쥬얼리 판매대는 못 지나친다.
귀걸이는 공간도 얼마 차지 안 하는데 뭐 하는
이상한 **타협**으로 주저 없이 한 개쯤 늘 사니까.

하지만 내가 잡은 귀걸이에 들려오는 단골 멘트는
"고객님 이 제품은 이번에 나온 신상이라
세일 품목에서 제외예요."다.

'나란 녀석 돈은 없지만 보는 눈은 높아서
어쩌나 이렇게 세일 품목을 피해
신상만 쏙쏙 잘 고르는지.' 하며
다행히 1만 원에서 몇천 원만
더 보태면 되는 가격을 확인하고,
기분만큼은 백화점 VIP라도 되는 듯
"그래도 이거 살게요."라며 호기롭게 계산한다.
그렇게 립글로스가 들어 있는 작은 쇼핑백 안에
너무 조막만 해 보이지도 않는 큐빅이 박힌
귀걸이 한 쌍이 추가된다.

이런 소소한 낭비의 마지막은
백화점 맛집에 가는 것으로 마무리된다.
나에게 백화점은 분야별 맛집 성지니까.
눈처럼 고운 빙수가 소복하게 나오는
팥빙수가 맛난 H 백화점.
평양냉면 육수가 정신 번쩍 나게 시원한 L 백화점.
화려하면서 맛있는 케이크를 살 때 들르는 S 백화점.
진한 국물 맛의 쌀국수가 당길 땐 G 백화점.

그렇게 나는 1층 화장품 판매대에서 립글로스 한 개,
지하 푸드 코너에서 빵 몇 개,
3층 매대에서 귀걸이 한 쌍을 거쳐
백화점에 있는 나만의 맛집에서
소소한 낭비의 대미를 장식한다.

나는 감당 못 할 과도한 소비는
자제하는 게 건강하다고 생각한다.
하지만 반대로 내 가계 상황을 위협하지 않을 정도의
소소한 낭비는 건강하다 믿는다.
누군가는 백화점에 가서
나중에 비우는 일이 하나도 고민되지 않을
혹은 잃어버려도 슬프지 않을 귀걸이 한 쌍을
아무리 저렴하다 해도 왜 사냐 나무랄지도.
굳이 평양냉면 한 그릇 먹기 위해
가깝지도 않은 백화점까지 버스를 타고 가는 게
귀찮지도 않냐 의문을 가질지도.
집에 사 놓고 남아있는 립글로스가 적지 않은데도
왜 사냐고 갸우뚱할지도.

솔직히 그런 질문에 나 또한 내놓을 변명은 마땅치 않다.
스스로가 생각해도 그럴싸하게 내세울 의미라고는
너무 작아서 보이지도 않는

귀걸이에 박힌 큐빅 크기만큼이나 하찮아서.

가감 없이 말한다면
그냥 돈을 쓰며 아무런 의미나 목적, 혹은
남겨지는 추억 없이 시간을 보내는 것이 행복해서다.

돌이켜 보면 꼬꼬마 시절
500원짜리 동전이라도 생기면
마치 은화처럼 손에 꼭 쥐고 슈퍼로 달려가
아폴로도 사고 달고나도 사서 다 써 버리는 것.
청소년 땐 친척분들이 오셔서 넌지시 주신 용돈이 생기면
아트박스에 달려가 캐릭터 볼펜부터
알록달록한 편지지 등 코너별로 돌아다니며 골랐던 것.
자취생 시절에 울적한 기분이 들 때는 다이소에 들러서
뽀송뽀송한 실내화도 하나 사고,
욕실에 놓을 양치 컵은 뭐가 좋을까 하며
플라스틱 장바구니를 채웠던 것.

그렇게 나는 동네 슈퍼 문방구에서부터
지금의 백화점까지 장소만 달라졌을 뿐
가끔 소소한 낭비를 하고 살면서
작고 귀여운 즐거움을 얻었던 건 아닐까?
어디로 사라져 버렸는지 모를

아트박스에서 샀던 그 많은 캐릭터 볼펜과
다이소에서 샀던 그 많은 양치 컵 같은
쓸데없고 의미 없는 소비를 하지 않고
차곡차곡 모았다면
지금 나는 조금 더 좋은 아파트에서 살고
매끈한 자동차도 타고 다녔을 거라
누군가는 충고해 줄지도 모른다.

그 말도 백번 일리 있는 말이다.
하지만 나는 나를 안다.
건강한 소비 습관이나 경제 관념과는
거리가 먼 바보 같은 습관이지만
그런 소소한 낭비가 나를 그나마 지탱하게 해 주었다고.

내 돈으로 문방구에서 달고나를 살 때
내 돈으로 아트박스에서 예쁜 필기도구를 살 때
내 돈으로 다이소에서 폭신한 실내화를 살 때
내 돈으로 백화점에서 매대 위 귀걸이를 살 때
그건 내가 나에게 가끔 건네는 최선의 선물이었음을.
눅눅한 공기로 가득한 지하 월세방에서 사는 게 힘든
나란 녀석에게 실내화라도 뽀송뽀송한 거 신으라고
선물해 주는 것.
생일이지만 누구의 축하 전화도 없어

조금은 외로운 나란 녀석에게
백화점 케이크 먹으며 셀카라도 찍자고 위로해 주는 것.
행복은 돈으로 살 수 없다는 말이 있다.
난 그 말에 반은 긍정하고 반은 부정한다.
내 삶의 적지 않은 시간의 위로는
이렇게 스스로 쓴 소소한 돈에서 만들어졌다고 믿기에.

그렇다고 해도 극적인 희망이나 굵직한 용기는 없다.
오늘 먹어서 없어질 백화점에서 산 몇 개의 빵처럼,
백화점 조명 아래선 너무 이뻐 보였는데
집에 와서 바르니 영 어울리지 않는 립글로스처럼
단발성이고 어긋나기도 하는 희망에 불과하다.

그런데도 5만 원 한 장을 누군가 내 손에 쥐여 주고
좋은 거 사고, 맛있는 거 사 먹으라고 한다면
나는 백화점으로 달려갈 것 같다.

1층 화장품 판매대에서
조명발로 착각하게 만드는 거라 해도
내 얼굴을 가장 생기있게 만들어 줄 빛깔의
립글로스를 하나 사고,
지하 1층으로 내려가 시식해 본 유명 베이커리 빵 중
이거다 싶은 빵을 고르고,

3층 주얼리 매대에서 내가 고르는 것만
품절 혹은 세일 제외일지라도
포기치 않고(?) 득템한 귀걸이 한 쌍을 들고
9층 식당가에서 고급스러운 놋그릇 안에
정갈하게 들어 있는 평양냉면을 마주하는
소소한 낭비라는 이름의 작고 귀여운 나의 행복을 누리러.

조만간 내가 나란 녀석의 손에 5만 원 한 장을
살포시 쥐여줘야겠다.
'힘내!'라는 위로보다 오조오억 배는 확실한 효과가 있는
나만의 소소한 낭비로
잘 살 힘을 얻으라는 파이팅을 전하면서.

난 원래 씨에게

난 원래 연락 같은 거 안 하는 성격이야.
난 원래 직선적인 말투야.
난 원래 감정 못 숨기는 사람이야.

누구는 연락 못 하면 큰일이 나서
일부러 시간 내서 사람들 챙기나요.
누구는 직선 코스 말투 몰라서
최대한 서로에게 상처가 안 될 문장 신중하게 고르나요.
누구는 감정을 드러낼 줄 몰라서
감정이 태도가 될까 봐 조심할까요.

'난 원래'라는 말을
당당하게 내세우는 이들에게 외치고 싶다.
원래 그렇다는 건 세상에 아무것도 없다고 말이다.

무슨 말인지 모르겠다고 갸우뚱하면
다시 크게 말해주겠다.
세상에 원래 그런 건 원래 없다고.

한 번 더 말해줄게.
세상에 원래 그런 건 '원래' 없다고!

내 이상형
현재 진행형

늦다, 빠르다를 판단하는 건 의미 없어요.
지금 하느냐, 하지 않느냐가 더 중요하죠.
삶은 현재 진행형일 때 가장 아름다우니까요.

미움받을
용기

미움받을 용기라는 책이 베스트셀러가 되고
크게 이슈가 되었을 때
난 속으로 생각했다.
미움받을 용기 소금 한 톨만큼도 없고
오히려 미움을 받게 되는 것이 아주 두렵다고.
앞으로도 나 따위는 태생적으로 소심 쫄보인지라
미움받을 용기를 키우기 위해 노력하기도 힘들 거라고.
그러니 제발 나를 혹여 미워한다면
티 내지 말아주시라고 말이다.

나는 미움받을 용기가 없는 사람이니까.

아기 돼지 삼 형제
첫째와 둘째에게

잡아먹으려 쫓아오는 늑대를 피하고자
집을 짓는 아기 돼지 삼 형제가 있다.
첫째 돼지는 밀짚으로 집을 만들었더니,
늑대가 후 불어버리고
둘째 돼지는 가시로 만들었지만,
그것도 늑대가 후 불어 없애 버려
난관에 부닥치게 된다.
똑똑한 막내 돼지는
튼튼한 벽돌로 집을 만들어
형들을 구하고 늑대까지 물리친다는 이야기.

우리가 흔히 아는 동화 〈아기 돼지 삼 형제〉다.

얼마 전 바람이 많이 불던 날에
난 이제야 막내 돼지가 만든 벽돌집에
입성했다는 생각에 감격했다.
세찬 바람이 불었지만, 내가 느끼기엔
(남들 눈엔 그저 그런 평범한 아파트라 해도)
우리집은 세상 어느 곳보다 안전하다고 느껴졌기에.
악당 늑대가 밖에서 집이 무너져라 아무리 입김을 불어도
끄떡하지 않았던 막내 돼지의 벽돌집처럼 든든했기에.

그러면서 첫째 돼지가 지었던 밀짚으로 만든 집과
둘째 돼지가 지었던 가시로 만든 집을 떠올렸다.
(어린 시절의 나를 포함) 대부분 사람은
첫째와 둘째의 게으름과 준비 없음을 나무랐지만
이제 나는 알 것 같다.
첫째 돼지가 그렇게밖에 할 수 없었던 빈곤함을,
둘째 돼지가 그렇게밖에 할 수 없었던 현실의 어려움을.
누군들 튼튼하고 보기에 예쁘기까지 한
벽돌집을 마다하겠는가?
그들은 늑대의 입김 한방으로
허무하게 사라져버릴 것 같은 위태로운 밀짚과
가시로 집을 만들 수밖에 없었던 건 아닐까?

나 또한 자취를 처음 시작할 때는 밀짚으로 만든 집처럼,
바람이 조금만 세게 불어도 유리창이
금방이라도 깨질까 봐 무서웠던
부실시공으로 지어진 옥탑방에 살았으니까.
장마철이 되면 수해 지역이라는 제목으로 뉴스에 나오던
동네의 물이 차오르던 반지하 방을 견디었으니까.

동화책에 나오는 늑대의 위협처럼
내 집을 위태롭게 만드는 것은 너무나 많았다.
크게 부는 바람도, 쏟아지는 빗줄기도,
작열하는 태양도, 혹독한 추위도 다 힘들었다.
어디 그뿐이랴.
여자 혼자 사는 자취방에서 느끼는
방범에 대한 공포도 컸다.

그럴 땐 저 멀리 아파트의 반짝이는 조명이
하늘에 떠 있는 별보다 더 아득해 보였다.
나도 아파트에서 튼실한 현관문 하나 걸어 잠그고
세상 편하게 사는 게 소원이었다.
바람에 잠을 깨지 않고,
비에 심장이 요동치지 않고,
더위에 땀을 비 오듯 쏟지 않고,
추위에 입술이 떨리지 않기를 바라고 또 바랐다.

그렇기에 다른 이들 보기엔 평범한 여느 아파트라 해도
지금의 내가 이곳에 입주할 때
얼마나 감격스러웠는지 모른다.
이제야 그토록 꿈꾸던 〈아기 돼지 삼 형제〉에 나오던
늑대가 입김을 아무리 불어도
끄떡없는 벽돌집에 입성한 것처럼.
밖에는 늑대가 으르렁거리는 것 같은 바람이 불어도
든든한 내 집에 누워서
불안해하지 않아도 되는 지금이 얼마나 감사한지.

그러면서,
지금 어디선가 첫째 돼지가 밀짚으로 만든 것 같은 집에서
둘째 돼지가 가시로 만든 것 같은 집에서
바람 소리 한 자락에도 불안할지 모를
그 시절 나를 닮은 누군가를
진심으로 걱정하고 위로한다.

어쩌면 세상은,
동화 속 첫째와 둘째 돼지를 게으르다 탓한 것처럼
벽돌로 된 집을 꿈꾸며 더 노력하라고 쉽게 말할지도.

하지만 나는 안다.
누군들 셋째 돼지가 되어 벽돌집에 살고 싶지 않겠냐고.

우리 손에 당장 쥘 수밖에 없는 것이
값싼 밀짚과 가시뿐이라는 현실인 것을.
그렇기에 내가 버틴 것처럼
무작정 버티라는 말조차 사치인 것을.

나는 그저 진심으로 기도할 뿐이다.
바람이 세게 불고, 비가 쏟아지고,
태양이 작열하고, 추위가 휘몰아칠 때
그 시절 나를 닮은 앳되고 여린 누군가가
덜 무서워하고 덜 불안해하기를 말이다.
이 바람이 빨리 잦아들기를,
이 비가 이제 그치기를.
이 더위가 물러가 가을이 오기를.
이 추위가 사라져 봄이 오기를 말이다.

어린 시절 동화책 속 첫째 돼지와 둘째 돼지가
게으르고 나약하다고 무턱대고 말했던 것을
뒤늦게라도 사과한다.
밀짚과 가시밖에 손에 쥔 게 없음에도
집을 지은 것만으로도
실로 대단한 용기였음을 이제는 아니까.

교장 선생님
훈화 말씀이
있겠습니다

상대방보다 조금이라도
높은 권력, 강한 체격, 많은 나이를 지녔다는 이유만으로
일방적으로 말을 늘어놓는
뻔뻔한 어른으로 늙어가지 않아야 함을
알려주셨던 분이 계신다.

어린 시절, 여름 땡볕이든 겨울 혹독한 추위든 상관없이
월요일 아침이면 1시간씩 운동장에 전교생을 집합 시켜
훈화 말씀이라는 타이틀로
단상에서 혼자 계속 말씀하시던 분.

부동자세로 버티다못해 친구들이 운동장에 픽픽 쓰러져
양호실에 실려 가도 아랑곳하지 않고
나약해 빠진 정신 상태라며 오히려 꾸짖으며
더 길게 말씀하시던 분.
교장 선생님은 어쩌면
나의 고마운 스승님.

내가 그때 쓰러진 친구들보다 정신 상태가 강해서
당신의 훈화 말씀을 끝까지 들었던 건 아니라고
이 지면을 빌려 말해주고 싶다.

내가 친구들보다 아주 조금 더
건강한 몸이었을지는 모르겠지만
어린 내가 부동자세로 1시간을 서 있어야 하는 건
끔찍한 고문이었다고.
그냥 내가 아무것도 가진 게 없는
어린 존재였기에 무서워서 겨우 버틴 것뿐이었다고.
담임선생님에게도 엄마 아빠에게도
구원 요청을 하기 어려웠던 시대였기에 참은 거라고.

나는 나이가 들수록
너그러운 어른이나 훌륭한 어른이 되고 싶다는 소망은
품지 않는다.

그러기에 나는 너무 부족한 사람이니까.

하지만 최소한 딱 하나만큼은
스스로 당부하고 또 당부한다.
훈화 말씀이라는 그럴싸한 포장으로
아무도 듣고 싶어 하지 않는 말을 길게 늘어놓는
눈치 없는 사람만큼은 되지 말자고 말이다.

자꾸만 "라떼는 말이야-"하며
시도 때도 없이 훈수를 두고 싶어 하는 나란 녀석에게
"교장 선생님 훈화 말씀이 있겠습니다."라는
지금 떠올려도 끔찍한 안내 멘트로 잡도리를 한다.
그 어떤 조언보다 각성하게 만드는 말이다.

당시 매주 월요일 아침 1시간 넘게 들었던
훈화(訓話) 말씀 내용은 하나도 기억에 남지 않지만,
결과적으로 살면서 반드시 지녀야 할
귀한 교훈만큼은 확실하게 남겨 주셨으니
어떤 의미론 대단한 훈화 말씀이다.

이걸로
퉁쳐주세요

글을 쓰다 보면
내 아픔과 슬픔과 아쉬움만 크게 느껴질 때가 있다.
특히나 에세이는 일기와 같이 감정의 결이 함께 하기에
자칫하다간 지극히 내 슬픔은 과장하고
내 실수는 미화하는 글이 되기도 쉽다.

간사하게도 내 입장에서만 생각하게 되어
스스로를 피해자의 입장으로만 해석하기 쉽다.
그런데 나도 일말의 양심은 있는지라,
누군가의 말 한마디에 크게 상처받았던 글을

구구절절 쓰고 있노라면
마음 한구석 나도 그에 못지않게
누군가에게 말로 상처를 주었던 일이 떠오른다.
마치 밝을 때는 몰랐다가
불을 끄면 싱크대 바닥에서 스멀스멀 나오는
마주하고 싶지 않은 바퀴벌레처럼 말이다.

신입 사원 시절 가벼운 지갑 사정으로
회사 회식 때 고기를 먹게 되면 허겁지겁 먹는 나에게,
"저렇게 먹으니 살이 찌지." 하며
사람 많은 데서 놀리던 어느 상사에 관한 글을
분노에 가득 차 적고 있노라면 마지막 문단 즈음에선,
세월이 흘러 나도 대리급 정도 되어서
이제 갓 입사한 신입 사원의 짧은 반팔을 보며
"우와 너 용기가 대단하다. 나 같으면 너처럼 통통한 팔뚝에
그런 옷 엄두도 못 내는데."라는 망언
(아! 그때로 돌아가면 내 조동아리를 찰싹 때리고 싶다)을
했던 내가 떠오른다.

그러다 보면
'내가 이런 글 쓸 자격이 되겠어?' 하며
부끄러운 마음에 삭제하는 경우가 부지기수다.

누군가 약속을 어겼다는 한탄을 적고 있노라면,
기본적인 시간 약속 따위 철저히 무시한 채
함부로 살았던 내 철없던 민폐의 나날이 떠올라
또다시 내 손가락은 Delete로 향한다.

그게 혹여 누군가에게
내가 알든 모르든 상처나 피해를 주었던 것에 대한
반성이자 사과라고 생각해서.
차마 공개하지 못하는 구구절절한 나의 아픔과
하소연과 분노가 담긴 글을
노트북 휴지통에서 깨끗하게 없애 본다.

이렇게 말하면서 말이다.

인생은 뿌린 대로 거둔다고 하니,
내가 내게 상처 준 이름들을 최대한 입을 꾹 닫고
내뱉지 않음으로 누군가에게 상처 주었던 나 또한
부디 용서받기를 바란다고.
그렇게 나만 온전히 피해자로 살아왔다는 착각은
교만이라는 반성을 하면서 기도해본다.

하나님, 제가 그들을 용서한 만큼
저도 누군가의 입이나 글에서 상처를 준

가해자로 언급되는 불상사만큼은 거두어 주세요.
지금 제가 타인을 언급하는 입술을 줄이듯,
앞으로 저도 타인의 입술에 오르락내리락하지 않도록
불쌍히 여겨 굽어 살펴 주세요.

나름 심혈을 기울여 밤새워 쓴 아까운 원고들이지만
나를 돌아보자는 마음으로 모두 삭제했으니
"제발 이걸로 퉁쳐주세요."라는
말도 안 되지만 간절한 딜을 제안하며 말이다.

일개
게으른
대중이지만

나는 나의 게으름이 아쉽다.

설거지를 미루고 약속 시각에 맞춰
허둥지둥 나가는 그런 게으름의 종류가 아닌
세상의 숨겨져 있을
빛나는 예술을 찾지 않은 게으름이다.

언젠가부터 나는
선택된 순위 차트에 있는 음악만 게으르게 듣는다.
선택된 베스트셀러 리스트에 있는 책만 게으르게 읽는다.

선택된 박스오피스의 영화들만 게으르게 본다.

거기에 존재하는 작품들을 무시하는 게 아니다.
많은 이들의 사랑을 받는다는 건
결코 무시 못 할 가치가 있다는 거니까.

다만 나는 그 모든 것들과의 만남에
나의 수고가 하나도 없다는 것을 반성한다.

내가 조금만 찾아본다면
차트에는 없지만 숨겨진 주옥같은 멜로디가 있을 텐데.
헌책방에 먼지 쌓인 채 숨어 있는 보석 같은 문장이 있을 텐데.
작은 영화관에서 하루에 한 번 상영하는
기가 막힌 영상이 있을 텐데 하고.

그렇지만 애석하게도 나는 매일매일 너무 바쁘다.
음원 사이트 금주의 차트 리스트를 습관처럼 클릭해서 듣고,
서점 사이트 금주의 베스트셀러 리스트를
습관처럼 클릭해서 주문하고,
박스 오피스 금주의 리스트를
습관처럼 클릭해 주말 영화를 예매한다.

마음은

누가 만들었는지 이름조차 생소하지만
듣는 순간 마음을 사로잡는 음악을,
투박한 표지에 홍보는 전혀 없지만
읽는 순간 마음을 사로잡는 책을,
감독부터 배우까지 아는 이름 하나 없지만
보는 순간 마음을 사로잡는 영화를 갈망하지만.
그러기에 나는 매일매일 너무 바쁘다.

아니, 솔직히 나는 너무 게으르다.

더 정확히 말하면 이미 선택된 음악, 책, 영화만
편하게 즐기는 게으름뱅이다.
마치 남들이 맛있다고 하니까 실제로는 맛도 잘 모르면서
덩달아 맛있다고 환호하는 게으른 미식가처럼.
마치 남들이 훌륭하다 하니까 실제로는 전혀 감흥 없었으면서
덩달아 극찬해 버리는 게으른 평론가처럼.

그런 나의 게으름이 아쉽고 또 아쉽다.
완벽한 한 문장을 만들어 내기 위해
혼신의 힘을 다한 어느 무명의 작가,
완벽한 한 음절을 만들어 내기 위해
사력을 다한 어느 무명의 뮤지션,
완벽한 한 장면을 만들어 내기 위해 모든 것을 바친

어느 무명의 영화 감독이

아직 기회를 잡지 못하고, 빛을 보지 못하는 것은

대중이란 타이틀을 가졌지만 이미 선택된 것만 즐기는

나의 아쉬운 게으름 때문인지도 모른다고 반성한다.

가끔 동네 작은 책방에서 책을 찾아보는 것.

가끔 생소한 음악을 찾아서 들어보는 것.

가끔 의자보다 관객이 더 적은 영화를 극장에 가서 보는 것.

그렇게 나는 충분히 선택받아 마땅했던 예술가를

무명으로 만들었을지 모를

나의 게으름을 하찮게라도 갚는다.

비록 보잘것없는 일개 대중에 지나지 않는다고 해도,

내가 떨쳐낸 별것 아닌 게으름이

어느 무명의 예술가를 별처럼 빛나게 해 줄

힘이 되리라 믿으면서 말이다.

저는 언제 아나요

어릴 때는 어른이 아니라서 너는 모른다고
대학생이 되니 취직을 아직 안 해서 너는 모른다고
취직을 하니 결혼을 안 한 너는 모른다고
회사를 관두니 사회생활 안 하는 너는 모른다고
결혼을 하니 아이를 안 낳아본 너는 모른다고
나이가 드니 젊은 사람들 마음을 너는 모른다고
아이도 없고 직장도 안 다니고
집에서 살림만 하는 네가 뭘 알겠냐고

저는 대체 언제 알 수 있는 걸까요?

- 배움의 길엔 끝이 없다는 것을 느낄 때-

정말 좋은 행복

제가 사는 집에서 버스로 두 정거장 되는 위치에
아주 맛있는 단팥 크림빵을 파는 빵집이 있어요.
인기 있는 메뉴라 그런지
갈 때마다 몇 개 안 남아있는 경우가 대부분이죠.
산책 삼아 걸어서 그 빵집에 자주 가는데
남편과 하나씩 먹을 생각으로 두 개를 사 오곤 해요.
한 개도 남아있지 않아 빈 에코백을 들고
아쉬운 마음으로 집에 돌아오는 경우가 많기에
단팥 크림빵 두 개를 넣어 오는 날은
마음이 부자가 된 기분이에요.

집에 가서 뜨거운 차와 함께

이 빵을 남편과 먹을 생각을 하면 벌써 마음이
단팥처럼 달콤하고 크림처럼 부드러워지거든요.

"단팥 크림빵이 맛있는 빵집 덕분에
산책을 반강제적으로라도 하네.
그런데 칼로리 낮지 않은 단팥 크림빵 덕분에
산책 다이어트는 계속 실패야."
거실 테이블에서 남편과 단팥 크림빵과 함께
시시한 하루 이야기를 나누는 우리 모습이
베란다 창에 비치는 것을 보게 되었죠.
그 모습을 보니 참 마음에 드는 일상이다 싶어져요.
단팥 크림빵 두 개만큼의 행복으로 만들어진
너무나 단순하고 너무나 평범한 일상이요.

오랜 시간이 흘러서 지금의 시간을 기억할 때면
'빵집 단팥 크림빵이 참 맛있어서 사러 걸어가는 두 정거장
정도 되는 거리가 하나도 귀찮지 않을 정도였지.
남편과 저녁에 차 한잔 마시면서 나눠 먹곤 했었는데 말야!'
라며 따뜻하게 떠올릴 것 같아요.

제가 생각하는 '정말 좋은 행복'이란 이런 거예요.
남들에게 지금 당장 자랑하고 싶은 것이 아니라
나 자신에게 훗날 기억되길 바라는 거죠.

남들이 알아주는 행복도 좋겠지만
정말 좋은 행복은 내가 쉽게 잊지 않길 바라는 행복.
인기 많은 단팥 크림빵을 득템했다고
인스타그램에 올리는 것도 행복이겠지만.
동그랗고 폭신폭신한 단팥 크림빵처럼
동그란 테이블 위에서 폭신폭신한 어조로
대화를 나누었던 시간을 떠올리는 행복을 조금 더 원하죠.

말은 이렇게 쉽게 하지만 남들이 알아주는 행복보다
내가 쉽게 잊지 않길 바라는 행복을 얻는다는 건
저처럼 속물적인 사람으로서는
마냥 만만한 건 아니겠다 싶긴 합니다.
마치 단팥 크림빵을 득템하는 것에
성공하기가 어려운 것처럼요.

그럼에도 선뜻 빵을 사기 위해 길을 나서는 것처럼
저도 그렇게 되든 안 되든 정말 좋은 행복을 얻기 위해
오늘도 선뜻 살아가는 도전을 할 거예요.

운 좋게 단팥 크림빵이 남아있는 것처럼
오랜 시간 기억될 그런 행복을 얻을 수 있을지 모르니까요.

오.늘.하.루.만.

책 〈버리고 비웠더니 행복이 찾아왔다〉의 저자
야마구치 세이코 님의 블로그를 종종 가봅니다.
미니멀리스트계의 고수이기도 하지만,
두 아이의 어머니이자 주부로서 보여주는
말끔하기 그지없는 삶의 방식을 보는 것만으로도
마음이 맑아지기 때문입니다.
아울러 지속해서 미니멀 라이프를 하는
그분의 마음가짐을 통해 배우는 점이 많으니까요.

그분의 블로그에서 특히 인상적이었던 글이 있습니다.

"계속해서 정리할 동기를 쌓는 법은 무엇입니까?"라는
질문을 받으면 그분은 이런 대답을 한다고 합니다.

깨끗하게 정리할 수 있는 능력이 있으니
방이 지저분하지 않다고 해도 꾸준히 실천하면서
일상 속에서 정리가 습관이 되도록 하는 것을 중요시한다고요.
아울러 그만의 정리가 습관이 되는 방법에 대해서
말해줍니다.

많은 이들이 뭔가를 결의하고 습관을 만들려고 하면
작심삼일로 끝나는 경우가 많습니다.
몸이 따라주지 않는다, 오늘은 귀찮다….
솔직히 귀찮아졌다…. 등의 핑계나
내일로의 미룸이 대부분의 원인입니다.

마냥 부지런해 보이는 야마구치 세이코 님도
그런 게으름에 적극 공감을 표합니다.
본인도 매일 걸레질 하는 것을
습관으로 만들기가 정말 힘들었다고요.
가장 큰 적은 '귀찮다'라는 감정이었다고.
'오늘은 더우니 땀 때문에라도 하고 싶지 않다.' 같은
여러 이유로 흔들렸다고 말입니다.
그럴 때 동기를 강하게 유지하는 방법에 대해

이렇게 조언합니다.

'오늘 하루 정도 쉬어도 괜찮을 것 같은데…'

하는 마음이 들 때는 마법의 문장을 등장시킨다고요.

그 마법의 문장이란

"오늘 하루만 노력하자."라고 말입니다.

오. 늘. 하. 루. 만. 노. 력. 하. 자.

저는 이 문장을 또박또박 읽어보면서 진한 감동을 받았습니다.

보통 무언가를 새롭게 시작할 때

'한 달 동안 힘내자!'라고 기간을 길게 정하기 마련입니다.

그러면 좌절할 일도 그만큼 많아지기에

차라리 '오늘 하루만 노력하자.'라고 다짐했다 합니다.

새로운 습관을 만들 때도

그 문장이 주는 위력은 의외로 대단하고

더불어 건강치 못한 중독에서 벗어나야 하는 상황에서도

도움이 된다고 합니다.

예를 들어 알코올 중독이라면

오늘부터 평생 끊겠다! 거창한 포부보다는

어쩌면 나는 계속 의존하며 살지도 모른다. 그렇지만,

오늘 하루라도 나는 알코올 없는 생활을 해 보겠다.
라고 말이죠.
'오늘 하루만'이라는 각오는 실천하기 한결 쉬워진다고요.

저는 야마구치 세이코 님이 좋은 습관을 만들고,
나쁜 습관은 끊어버리기 위한 최적의 방법으로 내세운
'오늘 하루만 노력하자.'라는 것에
백 퍼센트 동의하고 지지합니다.

왜냐하면, 저는 과거에 늘
내일부터, 다음 주부터, 다음에, 나중에,
시간 나면, 여유 생기면, 좀 덜 피곤해지면…….
이라는 숱한 변명과 핑계로
정작 오늘 해야 할 일을 놓치고 외면하며 살았기 때문입니다.

물건도 그렇기에 터무니없이 많았던 거죠.
내일 정리해야지, 다음 주에 시간 나면 살펴 봐야지,
몸 좀 덜 피곤할 때 비워야지…. 하며
미루기만 하니 대책 없는 숙제처럼 늘어놓고 살았습니다.

어디 물건만 그랬을까 싶습니다.
생활 전반에서 끊고 싶은 습관은 그만 둘 결단을 못 내리고,
만들고 싶은 습관은 기약 없이 미루며 살았을 겁니다.

끊고 싶은 습관에는
제 일상을 망가지게 하는 요소도 있었을 테고,
만들고 싶은 습관에는
제 삶을 달라지게 해 줄 꿈과 희망의 씨앗이
있었을 텐데 말입니다.

야마구치 세이코 님이 긴 세월 동안 지속한
정리정돈의 원동력은 오늘에 집중하는 태도였던 겁니다.
'내일이 있다.'라는 말 자체는 희망이지만,
내일에 지나치게 의존하는 건
일종의 방만이 될 위험 요소니까요.
그는 우리가 중요한 걸
간과하며 살고 있는지도 모른다고 말해줍니다.

내일은 희망이 있을 거라 장담만 하지 말고,
그 장담이 오늘 하루를
함부로 살아버리게 만들 수도 있음을 경계하라고요.
내일의 희망을 큰 소리로 말하는 것보다는,
오늘 하루만 노력해 보자는
묵묵한 침묵으로 잘 사는 것이 더 중요하다고 말이죠.
그렇게 오늘을 성실하게 살아야
내일의 희망도 연결이 되는 거니까요.

저도 앞으로 무언가 정체되거나 막힌 느낌이 들면서
희망이나 성공이 희미하고 아련해 보인다 해도
"오늘 하루만 노력하자."라는 마음을
잃지 않기를 간절히 바랍니다.

제가 그 어느 것보다 절실하게 필요한 건
단박에 변화되는 것이나 순간적으로 일희일비하는 것보다는,
"내일은 잘 될 거라 믿어!"라며
현실에서 도피해버리는 대책 없는 오늘보다는,
"오늘 하루 조금만 더 노력해보자."라는
현실을 직시하며 노력하는 오늘입니다.

생각해 보면 오늘 하루만이라고 하지만,
그건 삶 전체가 아닐까 싶습니다.
세상 누구도 어제를 다시 사는 것도 아니고,
내일을 미리 사는 것도 아니고,
오늘을 사니까 말이죠.

사랑과 열정
그리고 탄수화물

평생을 모차르트에게 가려 이인자로 살아온 살리에르는
신에게 절규했다.
재능을 주시지 않을 거면 열망이라도 주지 마셨어야죠!
나도 하나님께 절규하듯 종종 말한다.
"기초 대사량을 주시지 않을 거면
탄수화물 식탐을 주시지 말든가요!"라고 말이다.

나는 평생을 탄수화물 중독과 절제 사이에서
고민하며 살기 때문이다. 바이오리듬은
탄수화물을 많이 먹어서 행복할 때와

탄수화물을 절제하느라 힘든 시기로 들쑥날쑥하다.

나도 안다. 적당히 먹고 적당히 운동하면 되는 것을.
그렇지만 내 조급한 마음과
운동이라면 몸이 움직여지질 않는 게으름은
'적당히'라는 걸 당최 모른다.
늘 발등에 불이 떨어진 기분으로 급하게 다이어트를 해야 하고,
다이어트가 얼추 성공했다 해도
여지없이 '요요'라는 이름의 그분을 맞이한다.
병원에 가서 체지방 검사를 하거나,
식습관 점검을 받으면 늘 듣는 조언은
'탄수화물 과다, 단백질 부족.'이다.

즐겨 먹는 음식 리스트를 보자.
국수, 떡볶이, 빵, 라면, 짜장면, 피자, 쫄면, 당면, 흰 쌀밥….
대충 훑어만 봐도 탄수화물의 향연이다.
떡볶이에 당면을 추가하고, 후식으로 빵을 먹고,
고기를 먹어도 마무리는 늘 볶음밥이나 냉면이어야 한다.
주방 서랍엔 라면, 냉동실엔 얼린 떡, 냉장실엔 케이크가
상비되어 있으니 삶의 소울메이트는 탄수화물이라고 말해도
이상하지 않을 지경이다.
그러니 탄수화물만 좀 덜어내는 식습관 개선만 해도
몸의 변화는 놀랍다.

몸무게도 빠지고, 알레르기 증상도 개선되고,
아침마다 몸이 붓는 현상도 나아지는 걸 느낀다.
다이어트뿐 아니라 전체적인 몸의 밸런스를 위해서도
탄수화물 절제 노력은 긍정적인 효과를 가져다준다.

다만 지속 가능성이 희박하다는 게 문제다.
후식 냉면 없이 고기만 먹기엔 울적하고.
케이크를 외면하고 차만 마시기엔 허전하고.
김밥을 말 때 나만 밥 없이 채소로 말고 있으면 외롭고.
단골 떡볶이집을 지나치자면.
어쩔 수 없는 사정으로 애달프게 헤어져야만 하는 애인을
외면할 수밖에 없는 비련의 주인공이 된 듯 가혹하다.

왜 하필 나는 단백질, 미네랄, 아연, 칼륨, 비타민 등
수많은 영양소 중 탄수화물에 유독 꽂혀 이렇게 힘든 걸까?
몸은 건강해지나 마음은 황폐해지는
탄수화물 절제 다이어트다.
탄수화물을 좋아하는 나의 감정은 행복하지만,
탄수화물을 줄여야만 한다는 현실을 인식한
나의 이성은 괴로워한다.
적당히 조절하는 유연함과 꾸준함을 가지기를 소망한다.

식사로 라볶이를 먹었으면 후식으로 빵은 패스하고

페퍼민트 차 한잔 정도로 끝내는 내가 되기를.
디저트로 빵을 먹고 싶다면
식사는 샐러드 정도로 타협하는 성숙함을 가지기를.
차라리 탄수화물 절제 따위 깡그리 잊고
그냥 맘 편한 탄수화물 해피 돼지로 내려놓고 살든가.
이도 저도 아닌 상태에서
탄수화물을 많이 먹어서 행복해하는 내가 못마땅하고
다이어트를 위해 탄수화물을 절제해야 하는
현실에 화가 난다.
탄수화물을 제외하고 행복을 논할 수 있을까 하는 질문에
나는 영원히 '그렇다.'는 답을 못 할 거 같다.

바람이 있다면 적당히 먹을 줄 알아서
건강을 관리하는 날이 기적처럼 오기를.
내 묘비명에 "내겐 적당히라는 게 없었다.
사랑도, 열정도 그리고 탄수화물 섭취도."라고
새겨질까 염려하면서 말이다.

오늘도 어느 탄수화물 러버는
탄수화물로 행복하고 탄수화물로 한숨을 쉰다.
'일희일비'가 아닌,
'탄희탄비'(탄수화물로 기쁘고 탄수화물로 괴로운)로 말이다.

2부

내가 내 편이 되어줄게

샴푸 한 줌
만큼의 마음

동네 목욕탕에서 옆에 앉으신 어느 아주머니께서
"나 샴푸 조금만 빌릴 수 있을까요?"
하고 경쾌한 목소리로 말을 거셨다.
흔쾌히 샴푸를 건네 드렸고, 곁눈질로
내 샴푸가 아주머님 머리에서 거품은 풍성하게 나는지,
흡족하게 머리를 감으시는 건지
괜히 걱정되고 궁금한 심정으로 바라보았다.
샴푸를 깜박한 거면 린스도 없으실 텐데,
내 트리트먼트도 쓰시라고 말씀드릴까 말까 망설이면서.
하지만 어쩐지 쑥스러워 말하지 못 했다.

아주머니께선 샴푸가 아주 개운하게 잘 감긴다며

내게 "등 아직 안 밀었죠? 내가 밀어줄게요." 하시며

때밀이 타월에 손바닥을 넣고

목욕탕에 에코가 울릴 정도로 기운차게 손뼉을 치셨다.

아직은 타인에게 등을 맡기는 건 영 쑥스러운 나는

손사래를 치며 사양했지만, 그분이 진심으로 멋져 보였다.

그깟 샴푸 한 줌에도 본인이 할 수 있는 답례를

베푸시려는 모습이 대단해 보였기에.

나는 집에 돌아오는 길에

그때 조금만 더 용기를 내어

"트리트먼트는 혹시 안 필요하세요?"라고

물어봐 드릴 것을 하고 아쉬워했다.

타인에게 도움을 요청하고, 답례하는 것에

거절당할까 봐, 어색할까 봐 하는 이런저런 걱정으로

움츠리고 못 하는 나란 녀석의 굳어있는 마음이

그분이 보여주신 모습 덕에 조금은 유연해지는 것 같았다.

마치 샴푸 한 줌만큼의

부드러운 거품이 더해진 것처럼 말이다.

그 운동화
어디서 샀어요

누군가에게 고민을 털어놓고 싶은 순간이 있다.
그럴 때 가족이나 친구는
의외로 말하기 어려운 상대가 된다.
너무 걱정할까 봐
혹은 이게 나중에 나의 약점으로 작용할까 하는
복잡한 계산이 앞서므로.
만만한 건 익명의 고민을 나누고
서로 답변을 달아주는 인터넷 고민 상담소다.
이런저런 일로 요즘 너무 우울하고 살기 힘들고
어디 말할 대상도 마땅치 않다는 누군가의 글을

그대로 복사해서 붙여넣기 해도
하나 이상할 게 없는 비슷한 사연들로 넘실대는 곳.
답변도 하나같이 복사하기와 붙여넣기의 향연이다.

힘내세요. 잘 될 겁니다. 이겨내세요.
좋은 순간이 오기 마련입니다.

아…. 다… 안다.
사실 나도 누군가 고민을 이야기할 때
저런 말 외엔 생각이 나지 않는다.
저런 게 위선이란 이야기가 아니다.
진심이라는 것을 아는데도 어쩐지 공허하고 또 공허하다.

하지만 딱히 털어놓을 곳 없이 막연할 때는
이름마저 조용히 말해야 할 것 같은
비밀스러운 인터넷 고민 상담소가 딱 맞다.
그런데 익명의 인터넷 고민 상담소에서
명쾌한 위로를 받게 되는 일이 생긴다.

게시판에 사진이 첨부되는 새로운 기능이 추가되었던 날,
지루하기 짝이 없는 고민 글만
달랑 올리기엔 뭔가 허전해
비가 내리는 날 우산 없이 걸어가고 있던,

처량해 보이는 내 발 사진을 찍어서 올렸다.
어차피 힘내세요. 잘 될 겁니다. 이겨내세요.
좋은 순간이 오기 마련입니다.라는
익숙한 댓글이 달리겠지 예상하며.
하지만 내 예상은 그날 완전히 빗나갔다.

어머 운동화 예뻐요.
운동화 정보 좀요.
구매처 공유 좀 해 주세요.
방수 기능 좋아 보이는데 괜찮나요?

비를 맞으며 걷고 있던 처량함을 강조하려고
사진으로 찍어 올린 운동화가 폭발적인 관심을 끈 것이다.
예상치 못한 관심에 당황했지만,
어느새 나는 신이 나서 댓글마다 답글을 달고 있었다.
어디 브랜드에서 샀고 모델명은 이거예요.
방수기능이 탁월하지는 않지만 메쉬 재질보다는 좋아요.
구매처는 오프라인보다는 온라인 여기가 싸요.
정품인지 꼭 확인하고 결제하세요.
사이즈는 정사이즈 추천이요.
색상은 화면에는 회색이지만 실제는 아이보리에 가까워요.
라고 말이다.

어느새 우리의 고민 상담소는
쇼핑몰 후기 사이트처럼 후끈 열기가 달아올랐고,
뒤를 이어 나와 비슷한 운동화를 가진 누군가는
착용 사진까지 보여주며
각자가 애용하는 운동화 이야기로 게시판이 가득 찼다.

나의 고민 글은 까마득하게 잊었다.
비가 오는데 우산 하나 없이 쓸쓸한 기분이라고 했던
나와 그들은 비가 와도 방수기능이 탁월한 운동화는 무엇인지
정보를 나누는 데 들떴다.
인생을 잘 사는 방법 따위 모르겠다며 우울해하던 우리들은
그 순간만큼은 운동화를 잘 사는 방법을 나누며 행복해했다.

그렇게 내가 가진 운동화 칭찬을 받고
누군가에게 도움이 되는 정보를 알려주다 보니
자연스레 삶의 의욕이 생김을 느꼈다.
힘내세요. 천 번 만 번 들어도 힘이 안 났던 내가
운동화는 어느 모델이 괜찮은지 적어 주는 댓글에서
힘이 솟아났다.
잘 될 겁니다. 오조오억 번 들어도 의심하던 내가
이 운동화가 데일리 코디에 딱 맞는다는 말을 하면서만큼은
한 치의 의심도 들지 않았다.
좋은 순간이 오기 마련입니다. 귀가 닳도록 들어도

흥이 안 나던 내가 이 운동화를 결제할 누군가가
택배 박스를 받는 순간은
분명 기분 좋을 거라 확신 있게 말하고 있었다.
그 운동화 사건 이후로 어쩌면
정말 위로가 되는 방식은
그 사람만이 가지고 있는
아주 사소한 것이라도 구체적인 관심을 표현하고
묻는 게 아닐까 싶어졌다.
세상에서 한없는 패배자로 느낄 필요가 없다고.
신고 있는 운동화 정보를 친절히 알려주고 있는 것만으로도
세상 멋진 인류애를 실현하고 있는 존재라고.
남에게 어떤 위로를 건넬지 몰라
늘 머뭇거리기 일쑤였던 나에게
이런 위로 방법을 알려준 것은
모두 다 옛날 고민 상담소에서
내게 운동화 칭찬을 해 주며 정보를 물어주던
익명의 동지들 덕분이다.

이름 모를 그때의 내 고민의 전우들.
우울을 매번 들어주던 이름 모를 친구들.
다 잘 지내나요?

오늘, 오랜만에 다시 그 게시판에 들어가 보고 싶다.

혹여 그 옛날 나처럼 비 맞고 혼자 걸어가고 있다는
제목의 글을 올린 친구가 있다면
댓글을 남겨야겠다는 마음으로.

어머 신고 있는 운동화 너무 예뻐요!
그 운동화 어디서 샀어요?라고 말이다.

유튜브 속
나의 방공호

어느 날 유튜브에서 '내가 니편이 되어줄게'라는
노래를 찾아서 들어보았다.
커피소년이라는 말랑말랑한 이름의 뮤지션의 곡이었다.
사실 나는 직선적으로 희망이나 위로를 건네는 문구를
반항아처럼 거부하는 성향이 있다.
마치 무조건 최선을 다해 노력한다면 반드시 행복해질 거라는
이미 성공한 자들이 저지르는
공허한 일반화의 오류 같았기 때문이다.
그런 삐딱한 염세주의적인 사고를 가진 내가
스스로 "내가 니편이 되어줄게"라는

그야말로 희망과 위로의 결정체 같은 노래를
스스로 검색해서 듣게 된 것은,
말 그대로 세상에서 내 편이라고는
단 한 명도 없는 것 같다는 절망감에 빠진 나를
어떻게든 구원하고 싶은 유치한 시도였다.
'그래봤자 뭐 대단한 위로가 되겠어?' 하는
여전히 부정적인 심보를 가지고 말이다.

그런데 웬걸 잘난 척하던 나는
"누가 내 맘을 위로할까
누가 내 맘을 알아줄까
모두가 나를 비웃는 것 같아
기댈 곳 하나 없네."
라는 가사를 듣자마자 코끝이 찡해오더니
무심히 마우스를 내려 본 댓글과 조회 수에
고장 난 수도꼭지처럼 주룩주룩 눈물이 흘러내렸다.
조회 수는 무려 1,300만을 훌쩍 넘겼다.

이 노래가 이 정도로 빅히트 곡이었단 말인가 싶었는데
댓글들을 보자 의문이 풀렸다.
댓글은 4,600개 이상이었고 내용은 하나같이
세상에 내 편 하나 없다는 처절한 고독감과 사무치는
외로움과 현실적인 고통으로 범벅이 되어 있었다.

아울러 그나마 이 노래를 들으며 위로를 받기에
하루에도 몇 번씩 클릭한다는 댓글이 대부분이었다.
그러니 1,300만이 넘는 조회 수와 4,000개가 넘는 댓글은
동일 인물이 여러 차례 기록했을 가능성이 높았다.

그건 곧 이 노래가 그들에게 작게라도 위안이 된다는 거였고,
그런데도 현실의 고민은 사라지지 않기에
또다시 이 노래라도 들으러 오는 이들이 많다는 거라 여겨지니
이건 마치 내가 모르던 세상의 방공호를 발견한 것 같았다.

왕따를 당해서 힘들어요
엄마 아빠도 내 마음을 몰라줘요
직장 상사가 변태인데 어디에도 말을 못 하겠어요
지적장애자라는 걸 숨기고 일반 학교에 다니다
이번에 특수 학교에 들어갔는데
친하게 지내던 친구들과 멀어졌어요….

그렇게 각자의 고민을 댓글로 털어놓으면
이름 모를 익명의 이들은 '좋아요'를 클릭해주고
개중에는 따뜻한 댓글을 주렁주렁 달아 주고 있었다.
나 역시 어느 순간 눈물이 범벅된 얼굴로
각각의 댓글에 '좋아요'를 힘껏 누르고 있었다.

요즘도 나는 가끔 '내가 니편이 되어줄게'를 듣기 위해
혹은 그 영상에 달린 댓글을 보기 위해 유튜브에 접속한다.
그곳엔 나를 전혀 모르는, 나를 알아주는,
아울러 내가 모르지만 내가 알 것 같은
슬픔과 희망이 함께 한다.

'내가 니편이 되어줄게'라고 가수는
달콤하게 속삭여 주지만 난 안다.
냉정한 현실에선 그 노래 한 곡을 듣는다고
결코 내 편이 뚝딱 나오지 않는다는 것을.

하지만 나도 그리고 우리 모두가 힘들지만
순간 노래를 또 듣고 힘낸다는
혹은 힘내자는 무언의 내 편이 있음을 믿는다.

오늘로 조회 수는 13,754,757회, 댓글은 4,683개.
그 속에 나의 절망이 더해진 조회 수와
누군가의 댓글에 클릭한 '좋아요'라는 이름의 희망이 있다.

냉장고에 넣어둔
딸기 케이크 맛 희망

먹성이 남달라 세상에 좋아하는 음식이 무궁무진한 나지만
혹여 누군가 행복이란 무엇이냐는 질문에
난 주저 없이 답할 음식이 있다.
그건 바로 딸기 생크림 케이크 한 조각이다.
출퇴근 지옥철과 야근 그리고 박봉의 콜라보레이션으로
사회생활을 막 시작했던 내 지난날을 구원해 주던 음식.

하루 점심 식대는 5천 원 이하,
핸드폰은 최저 요금, 월세만큼은 밀리지 않도록,
난방비가 신경 쓰여 뜨거운 물 샤워는 최대한 빠르게 하며

아슬아슬하게 스치듯 지나가는 월급으로 버티던 시절이었다.

지금이야 마카롱을 비롯한
고급스럽고 다양한 디저트로 풍요로운 시대지만
그때 우리에게 가장 사치스러운 디저트는
카페에 가서 차와 함께 주문하는 조각 케이크였다.

나는 특히 회사 근처 유명 카페의
딸기가 통째로 올라간 눈처럼 하얀 생크림 케이크를 좋아했다.
회식 날 그 케이크를 우연히 한번 맛본 이후
내게 있어 그 케이크는
오늘의 점심값 5천 원을 포기하고 먹을 것인가
뜨거운 보일러 온도 사용을 줄이고 맛볼 것인가
고민하게 만드는 존재가 되었다.
하얀 생크림보다는 하얀 쌀이 다급했고,
빨간 딸기보다는 빨간 글씨의 가계부 지출 내역이
초조했던 나였음에도.

그러던 어느 날 회사에서 큰 스트레스를 받고는
에라 모르겠다 하는 심정으로
덜컥 딸기 생크림 케이크를 무려 두 조각이나 사서
집에 들고 왔다.
그리고 한 조각은 먹고

나머지 한 조각은 냉장고 안에 넣어두었다.
딸기 생크림 케이크를 먹는 순간만큼은
엉망진창으로 어수선했던 마음이
거짓말처럼 단순하게 행복해졌다.
정말 눈물이 날 만큼 맛있었다.

아기들이 태어나 처음으로 단맛을 경험하고
경이로워하며 행복해하는 것처럼
그때의 다디단 딸기 생크림 케이크 한 조각은
내 세상만사를 행복한 BGM으로 바꿔주는 도구였다.

내가 무슨 부귀영화를 누린다고
이렇게 맛있는 케이크 한 조각 그동안 못 먹고
아등바등 살았던가 싶었다.
그때 난 결심했다.
나에게 종종 이런 사치를 허용해 주겠노라고.

딸기 생크림 한 조각 먹었다고
내 인생이 금세 비극에서 희극으로 바뀌지는 않았다.
다음날도 나는 회사에 가서 이리저리 또 치이고
박봉과 야근에 시달리고 지옥철에 겨우 몸을 실었다.
그런데 내려야 할 역이 가까워질수록
피식피식 웃음이 나는 것이었다.

내겐 냉장고 가장 위 칸에 어제 사 놓은
딸기 생크림 케이크 한 조각이 있다는 생각에.

집에 가서 뜨거운 물로
(비록 도시가스 요금이 무서워 서두르겠지만) 씻고,
테두리에 물방울 무늬가 있는
내가 가장 아끼는 접시를 오랜만에 꺼내
냉장고 가장 위 칸에 아직도 신선할
딸기 생크림 케이크를 세팅하고 먹어야지 하면서 말이다.
그렇게 나는 그 시절 딸기 생크림 케이크 한 조각으로
짧은 순간이나마 구원받았고
그럭저럭 잘 버티었던 것 같다.

지금도 나는 종종 딸기 생크림 조각 케이크를 사서
냉장고에 넣어둔다.
내일의 내가 조금 덜 외롭기를
내일의 내가 조금 더 힘내기를
오늘의 내가 보내는 달콤한 응원이다.

모두 이해할 순 없지만
사랑할 수는 있다

4월 1일. 대부분의 사람들은 만우절로 기억하지만
어떤 사람들에게 그날은 거짓말처럼
아니 거짓말이기를 간절히 바랐던
장국영 님이 세상을 떠난 기일이다.
그날이 되면 나는 아주 잠시라도 그를 떠올린다.

나만의 추모 시간 속엔
그가 출연했던 숱한 영화 장면들이 불쑥불쑥 함께하는데
올해엔 〈아비정전〉 속 대사가 진하게 상기되었다.

"어떤 사람을 모두 이해할 순 없지만,
사랑할 수는 있다."

이 대사를 생각하면 내 곁에 있는 소중한 사람들은
나를 모두 이해할 수는 없음에도
사랑해 주는 거란 생각이 들어
뭉클해지고 감사해진다.
아울러 나도 누군가를 사랑할 때는
내가 이해할 수 있는 행동만을 요구하기보다는,
내가 설령 다 이해할 수 없다 해도
사랑할 수는 있다는 마음을 가지기를 소망한다.

나는 장국영 님이 세상을 떠날 수밖에 없었던 이유를
평생 이해할 수는 없는 사람에 불과하다.
하지만 그가 택했던 것들을 모두 이해할 순 없더라도
감히 사랑할 수는 있는 것 같다고 조용히 되뇌어 본다.

매년 4월 1일이 되면 장국영을 떠올린다.
그의 평안과 명복을 위해 짧게나마 추모하고 그리워한다.
내년 4월 1일에도 나는 그를 기억할 것이다.

"어떤 사람을 모두 이해할 순 없지만, 사랑할 수는 있다."
그가 남긴 영화 〈아비정전〉의 대사처럼 말이다.

화평이가

        없다

20년 동안 우리 곁에 있었던
화평이가 무지개 다리를 건넜다.

괜찮아진 점

: 하루 두 번 산책을 시켜주지 않아도 된다.

: 가족 여행을 갈 때 애견 동반 가능 숙소를 찾지 않아도 된다.

: 택배 아저씨가 올 때 초인종을 누르시지 말라

  부탁드리지 않아도 된다.

: 쉬야 실수로 마루가 썩는 걱정을 하지 않아도 된다.

: 동물병원에 갈 때 병원비가 너무 많이 나올까

  걱정하지 않아도 된다.

: 털 날림으로 외출 시 테이프로 옷을 정돈하지 않아도 된다.

: 장거리 이동 시 이동장과 사료와 물그릇 같은

  짐을 챙기지 않아도 된다.

: 가족 모두 외출 시 일찍 귀가하기 위해 서두르지 않아도 된다.

괜찮지 않아진 점

: 이제 화평이가 없다.

나는 개를
키우면 안 된다

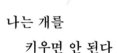

20년을 함께 한 화평이가 무지개 다리를 건너며
내게 알려준 삶의 교훈이 있다.
나는 '개를 키우면 안 된다.'라는 것.

길에서 저 멀리 산책하는 댕댕이만 봐도
귀여움에 어쩔 줄 몰라 하고,
외국에서 잠시 생활할 때도
부모님께 전화를 드리면 엄마 아빠 안부보다
"화평이는?" 할 정도였던 나였기에,
스스로는 개를 무척 사랑하는 사람이라고 자부했었다.

하지만 그건 나의 엄청난 착각임을
화평이를 보내고 깨달았다.
나는 그저 화평이를 예뻐'만' 한 것이라는 것을.
나는 그저 화평이를 귀여워'만' 한 사람이었다는 것을.

우리 가족과 함께 한 20년을 돌아보면,
강아지를 사랑하는 것에는 '예쁨', '귀여움' 같은
말랑말랑한 단어 외에 너무나 현실적인 책임감이
무겁게 존재했다.

화평이를 끌어안고 뽀뽀하는 것만 좋아했지,
화평이를 위해 매일 산책을 하고 배변을 치워주고,
목욕을 시켜주고, 빗질해주고, 귀와 치아 관리를 해 주는
노고가 동반되는 것에는 둔했다.

화평이가 귀엽다고 사진을 찍어
핸드폰 갤러리를 가득 채울 줄만 알았지
여행이며 유학 간다는 내 계획 앞에서는
부모님께 맡기는 것을 당연시했다.

화평이가 아프면 눈물을 흘리며 가슴 아파했지만,
상상을 뛰어넘는 병원비가 찍힌 명세서 앞에서는
솔직히 내 통장 잔고가 걱정되었다.

우리 가족과 함께 한 20년이라는 시간 속에서
나는 화평이를 위해 내가 가진 어떤 것도
희생할 줄 모르는 무책임한 사람이었는지도 모른다.

내가 피곤하다는 핑계로 하루 한 번의 산책도
아빠에게 미루기 일쑤였고,
내가 바쁘다는 명목으로 배변을 치우고 목욕을 시키고
귀 청소를 하는 건 엄마가 담당하시는 게 당연하게 되었고,
그렇게 부모님이 화평이를 위해 시간과 체력
그리고 돈을 쓰며 돌볼 때
나는 화평이에게 앙증맞은 옷이나 좀 비싼 사료나 간식을
선물하는 것으로 충분하다 착각하며 지냈다.

멀리 여행을 가거나 오랫동안 집을 떠나 있어도
화평이가 나를 그리워하지 않을까
화평이가 내가 없어 걱정하지 않을까 하는 건
조금도 생각하지 않았다.

왜냐하면 난 바쁘고 할 일이 많았으니까.
그러면서도 난 화평이를 사랑한다는 마음을
추호도 의심하지 않았다.
화평이를 귀여워하고 사랑하는 마음은 진심이었으니까.

화평이를 보내고 함께한 시간을
찬찬히 돌아보며 깨달았다.
나처럼 개를 이뻐'만' 할 줄밖에 모르는 사람은
절대 개를 키우면 안 된다는 것을.

엄마 아빠가 없었다면
화평이를 20년 동안 볼 수 있었을까?라는 질문에
나는 대답할 수 없기 때문에.
그렇게 부족한 가족이었는데도 화평이는
눈을 감는 순간까지 나를 온전히 사랑해 주고 믿어 주었다.

화평이를 보낸 뒤, 길에서 댕댕이를 만나면
귀여워서 조금이라도 가까이 보려고
다가가던 발걸음을 멈추게 됐다.
감히 함부로 욕심내면 안 되는 존재라고 되뇌면서.
화평이에게 했던 실수처럼 또다시 아무런 희생과 책임 없이
"아유 귀여워!"
이 말만 가볍게 할 줄 아는 사람이 될까 봐.

그러다 우연히 인터넷 반려동물 카페 게시판에서,
분리 불안이 너무 심한 본인의 강아지를
며칠만 돌봐주실 분을 찾는다는 글을 읽게 되었다.

어린 시절 7번의 파양을 당해
심각한 분리 불안이 생긴 강아지로,
개인 사정으로 며칠간 집을 비워
급하게 도움을 구한다는 내용이었다.

통키라는 이름의 성견이었다.
화평이와 견종은 전혀 달랐지만
마냥 순해 보이는, 그러면서 겁이 많아 보이는 눈빛이
화평이를 떠올리게 했다.
나는 순간 화평이에게 빚진 것을
이렇게라도 갚고 싶다는 용기가 생겼다.

얼굴도 전혀 모르는 분이셨지만 댓글을 달았고
그게 인연이 되어 우리 부부는 햇수로 4년째
통키를 임시 보호하는 사람들로 지내고 있다.
(임시 보호라는 이름이긴 하지만 실제로는
일 년의 반 정도는 친한 친척 집에 놀러 오듯
통키는 편하게 와서 머물다 간다.)

통키 부모님께서는 원래는 통키를 품어줄
현실적인 요건이 되지 않았는데,
7번의 파양에 오갈 데 없는 통키를
큰 사랑으로 거두어 주신 거였다.

하지만 장거리 출장이나 기타 여러 가지 상황으로
통키를 정기적으로 돌봐줄 사람이 절실했던 차
우리와 좋은 인연이 된 것이다.
다행히 지금의 나는 집에 머무는 시간이 많은 사람이기에
통키가 오면 24시간 같이 지낸다.

통키를 볼 때마다 나는 화평이에게 배운 교훈을 상기한다.
나는 개를 키우면 안 된다고. 더 정확히 말하면
나는 개를 귀여워'만' 하면서 키우면 안 된다고.

산책을 시키며 땀을 흘리고, 배변판 청소를 해 주며
시간을 쓰고, 친구와의 외부 약속을 마다하고,
집에서 통키 곁에 있어야 한다는 책임의 중요성을 기억한다.
나는 통키를 임시 보호하는 것으로
내가 화평이에게 못다 한 사랑과 책임을 갚으려 한다.

강아지를 사랑하는 방법이 반드시
내 자신이 강아지의 주인이 되어야만 하는 것은 아니다.
도움이 필요한 강아지에게 내가 가진 시간과 공간 등을
흔쾌히 내어 주는 것도 사랑일 수 있음을 이제는 안다.

언젠가 시간이 흘러 천국에서 화평이를 만난다면
귀여워만 하는 것밖에 몰라서 정말 미안했다고 울 것 같다.

그리고 정말 많이 보고 싶었다고도.

아울러 네 덕분에 통키라는 이름의
너처럼 순한 눈망울 가진 귀여운 어느 한 생명체가
세상에서 조금 더 편안하고, 조금 더 행복하게 사는 데
작은 힘이라도 베풀며 살 수 있었다고.

나는 개를 사랑하지만,
개를 키우면 안 되는 부족한 사람이다.

언젠가 먼 훗날 내가 더 성숙해지고
더 책임감 강한 사람이 되어
좋은 인연으로 강아지를 입양하게 될지도 모르지만,
거기에는 반드시 동반되는 조건이 있을 것이다.

나는 과거나 지금이나
개를 사랑하는 사람임에는 변함이 없다.
하지만 근본적으로 달라진 점이 있다.
댕댕이와 가족이 되기 위해서는
신중한 고민을 거듭할 것이다.
귀여워'만' 하는 사랑만으로는
키우면 안 된다는 것을 상기하고
나 스스로 확신이 생길 때 입양을 결정하기를 말이다.

그 확신이 생긴다면 나는 그때
개를 키워도 된다 스스로 말해줄 것이다.
고로, 아직 나는 개를 키우면 안 된다.

그게 내가 화평이에게 배운 진짜 사랑이다.
그리고 앞으로 내가 통키에게 보여줄 진짜 사랑이다.

정답은 틀려도
해답은 있으니까

가능하다면
삶의 기준을 '정답'보다는 '해답'에 맞춰 살고 싶죠.

정답은 그 외의 것은 전부 오답이 되어버리지만,
해답은 어떤 상황에서도 찾고 싶은 마음만 간절하다면
얻을 수 있으니까요.

최소한 내 인생이 마냥 틀리지만은 않았다는 가능성.
왜 이렇게 인생에서 꼬이는 일이 많을까? 하는
끝도 없이 이어지는 질문에 지치지 않고

해답을 찾을 여력만큼은 아직 남아 있다는 의연함.

매번 틀리기만 하는 것 같아 못나 보이던 나란 녀석이
어떻게든 해답을 찾으려고 하는
기특한 존재라고 격려해 주고 싶으니까요.

정답은 없다고,
느리게라도 해답을 찾아가는 과정이라고요.

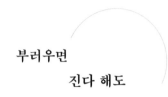

부러우면
진다 해도

부러우면 진다는 말이 있다.
아마도 타인이 가진 행복을 부러워하는 순간
반대로 나 자신의 초라함은 극대화되기 쉽기에,
부러우면 진다는 우스갯소리가 생긴 것 같다.

나에게는 진다고 한들 숨길 수 없이 부러운 사람이 있다.
바로 선천적이든 후천적이든 시기와 질투가 없는 사람이다.
시기와 질투가 없다는 것은 실로 대단한 재능
혹은 성숙한 인간성이라 느끼기에.
그것을 그토록 부러워한다는 건,

창피하지만 나란 인간이 아주 작은 것에도
부러움을 넘어서는 시기와 질투에
쉽게 잠식당하는 존재이기 때문이다.
다행히 나 혼자만 그런 생각을 하는 건 아닌 것 같다.

'휴먼다큐 사람이 좋다'라는 제목의 교양 프로그램에
쿨의 보컬이자 지금은 세 아이 엄마가 된
유리 씨가 등장했다.
그의 무대 뒤 보이지 않던 소탈할 일상과
주변 지인들과의 이야기들이
화장기 지운 말간 민낯을 보는 것처럼
건강하고 신선해 흥미로웠다.

그중 가장 인상적인 건 절친한 친구인 백지영 씨가
유리 씨에 대해 언급한 부분이다.
친자매 이상으로 가까운 두 사람은
타인은 잘 모르는 서로의 세밀한 감정까지 알고 있다고.
백지영 씨는 유리 씨를 한 마디로 이렇게 표현했다.
"시기와 질투가 없는 사람."

백지영 씨가 유리 씨를 왜
시기와 질투가 없는 사람이라 말했는지
인터뷰 내용을 꼼꼼히 들어 보았다.

"내가 눈치 볼 때도 있다. 연예 활동을 쉬면서 육아에만 집중하며 지내는 친구들 앞에서 내가 활동으로 바쁘다고 말을 못하겠더라. 혹시라도 육아에 지쳐 무대에서 멀어진 그들에게 본의 아닌 잘난 척이 되어 부러움을 유발하게 될까 싶어서. 그런데 유리는 내가 바쁘게 연예 활동하는 이야기 듣는 걸 너무 좋아한다. 그때 새삼 느꼈다. '이 사람은 시기 없는 사람이지.'라는 걸. 유리는 누군가의 이야기를 들으면 부럽다는 게 끝이고, 시기 질투가 전혀 없다."라고.

나는 그 인터뷰를 듣고 백지영 씨가 유리 씨를
왜 친구지만 배울 만한 사람이라 칭찬하는지 알 것 같았다.
물론 유리 씨 당사자의 속마음은 누구도 모를 일이지만,
내가 좋은 이야기를 할 때 겉으로는 웃고 있지만
어딘지 우리 둘 사이에 불편하고 어색한 공기가
생기느냐 아니느냐는 살아가다 보면
어느 정도 본능처럼 느껴지기 마련이다.
그렇기에 백지영 씨가 '유리 씨는 시기와 질투가
전혀 없다.'라고 하는 말에는 의심이 안 든다.

나는 지난날 시기와 질투로 좋은 지인과 멀어지거나
나 자신을 초라하게 만들었던 시간이 적지 않았다.
지금 생각해도 낯이 뜨거워지는 일화가 있다.

인스타그램을 처음 시작하는 친한 동생에게
개설한 지 좀 된 내가
이것저것 노하우 같은 이야기를 들려 주었다.
그래봤자, 피드 전체적인 사진 분위기를 통일하면 좋다거나,
프로필을 가독성 좋게 작성하면 좋다는 등의
하찮은 방법에 불과했다.
순한 동생은 그런 팁조차 메모장에 적으며
인스타그램을 시작했다.
그런데 동생의 인스타그램 팔로워 수가 급증하는 거였다.
내 눈엔 아무리 봐도 내 피드보다 엉성해 보이는데,
동생이 올린 감성 사진과 글귀는
단박에 팔로워들의 마음을 사로잡고
곧 유명 인플루언서로 등극할 기세였다.

몇 년을 아무리 노력해도 제자리걸음
혹은 감소하는 내 인스타그램의 팔로워 수를 보다가,
동생의 인스타그램을 들어가 시기 어린 혼잣말로
"글이 너무 가벼운데."라고 하며
질투 가득한 시선으로 바라보기도 했다.
하지만 나는 그 옹졸하기 짝이 없는 시기와 질투를
결코 드러낼 수 없었다.
그게 얼마나 못난 것인지 알기에,
마음이 혹여 들킬세라 동생과 만남도 한동안 뜸했다.

지금 생각하면 더 부끄러운 건 동생의 인스타그램
'좋아요'를 어느 순간 클릭하지 않았다는 것.
이렇듯 기쁨은 나누면 배가 된다는 말이 있지만,
시기와 질투가 끼어들면
기쁨이 주는 환희는 모두 반 토막이 된다.
괜한 자격지심과 타인과의 비교로
자신의 처지를 우울하게 여기고,
상대방의 모든 상황을 어깃장 놓는 시선으로 보게 되므로.

나는 다시 자신을 돌아본다.
시기와 질투라는 건강치 못한 감정으로
공허한 허세를 부리거나,
나보다 조금 나은 상황이 된 사람에게
마음에서 우러나오는 축하는 못 해줄망정
'지금 나를 무시하는 건가? 잘난 척하는 거 아냐?'
하는 오해로 자격지심에만 사로잡혀
지속적인 인간관계가 어렵지는 않았나 하고.

이런 반성을 한다 해도
천성이 시기와 부러움에 흔들리는 사람인지라
여전히 시기와 질투에서 벗어나지 못할 것이다.
아무리 친하고 가까운 지인이라 해도
나보다 월등하게 나은 능력과 타고난 운으로

승승장구하게 되면 입으로는 축하하고 웃고 있어도
마음 깊은 곳에서는 시기와 질투가
소금 한 톨만한 크기라도 자리 잡고 있을 것임.

어쩌면 여러 사람과의 만남을 예전보다 적게 만들고
혼자만의 시간을 가지려 하는 까닭도
근본적으로 나 자신이 시기와 질투가 적지 않은
못난 사람이기에 그런 감정이 싹트게 될 만한
상황 자체를 줄여 보고자 함도 있다.
인위적인 과정을 통해서라도
나의 시기와 질투가 깎아지길 바라기 때문이다.

그렇기에 시기와 질투 없이
순수하게 내 기쁨을 축하해 주는 가족과
가까운 지인들이 얼마나 소중한 존재인지
새삼 감사하게 된다.

성인군자처럼 득도하기란 어렵겠지만,
타인의 삶과 나를 분리해서 사는 건강한 태도를
나는 절실하게 부러워한다.

타인을 부러워하며
시기(猜忌)로 낭비하던 삶이 아닌,

나 자신에 온전히 몰입하는
삶의 시기(時機)에 집중하기를.

그렇게 나는 시기와 질투가 없는 이들을
부러워하며 살고 싶다.
부러우면 지는 게 아니라
부러워하다 보면 조금이라도 닮지 않을까 하는 희망으로.

오늘은 한동안 만남이 뜸했던
동생의 인스타그램에 들어가 볼까 한다.
동생이 정성스레 올린 사진과 글을
다정한 시선으로 찬찬히 읽으며,
그동안 시기와 질투로 누르지 못한 '좋아요' 버튼을
진심을 다해 클릭하고 싶다.
못나디 못났던 내 시기와 질투를 버리고
그 비워진 마음 공간에 '좋아요'라는
빨간 하트를 가득 채우고 싶다.

(시기와 질투라고는 전혀 없이)
정말 좋.아.요.라고 되뇌면서.

누군가를 만나고
집으로
돌아가는 길에

만나러 가면서 가슴 설레고 두근거리는 사람도 좋지만
내게 정말 귀한 인연이라 느끼는 존재는
집으로 돌아가는 길에
그런 말을 왜 했을까
혹은 쓸데없는 말을 너무 많이 했어 하며
후회되거나 찝찝한 감정이 전혀 없는 사람이다.

나의 서툰 감정 표현이나
혹여 넘쳤을지 모를 과장된 수다에도
아무런 오해나 갈등을 만들지 않을 거라는 믿음이다.

               어차피
        백 년이 지나면
                아무도 없어

어차피 백 년이 지나면 아무도 없어

너도, 나도 그 사람도

- 에쿠니 가오리, 제비꽃 설탕 절임, 일본: 新潮社, 2002. 무제

나는 이 시를 무척 좋아한다.

그래서 싫은 사람과 마주할 때면
'어차피 백 년이 지나면 다 사라질 존재에 불과하다.'
고 생각하면서
최소한 당신보다는 건강하게 오래 살아남겠다는(?)
결의를 다지게 된다.

반대로 사랑하는 사람과 시간을 보낼 때는
'어차피 백 년이 지나면 우리 모두 없어질 테니.'
라고 생각하면서
최대한 이 사람이 더 오래 건강하게 살기를 바라며
내 남은 삶이라도 주고 싶어진다.

미움은 나중에 누가 끝까지 살아남느냐의
삶의 양이 기준이 되고
사랑은 지금 누구와 함께 살고 있느냐의
삶의 질이 기준이 된다.

인스타그램에
인증은 못 하겠지만

나는 피곤함에 지친 몸이 될 때면
동네 작은 목욕탕에 간다.
여탕에 들어가 입욕권을 드린 후
냉장고에서 비락 식혜 두 개를 꺼내 계산하고
"얼음 식혜 부탁드려요."라고 한다.
만화 〈아따맘마〉의 엄마를 닮으신
푸근한 인상의 목욕탕 사장님께선
뭉툭한 물통을 신속하게 꺼내어
신선한 얼음을 드르륵 소리 나게 적당량 채우신다.
물통에 채워진 단단한 얼음 위로

양손에 식혜를 들고 리드미컬하게 부으신 후
뚜껑을 야무지게 닫아 빨대까지 콕 꽂아서 건네주신다.
그 순간 사장님의 모습은
별다방에서 에스프레소 투 샷을 추출해
아이스 아메리카노를 만드는 것처럼 프로페셔널 그 자체다.

벤티 사이즈 진한 아·아 같은 뭉툭한 물통 속에
가득 든 식혜를 의기양양 손에 들고 목욕탕에 입성한다.
샤워를 후딱 하고 한증막에 들어가 땀을 쭉 뺀다.
뜨거운 열기도 얼음 식혜가 있기에 거뜬히 인내하며
시원하게 땀을 흘린다.

적당히 땀을 내었다 싶어지면 기분 좋게 노곤해진 몸으로,
한증막 입구에 있는 하얀색 썬베드에 눕는다.

눈앞에는 온탕과 냉탕의 출렁이는 물결이 보이고,
옆에는 얼음이 적당히 녹아 찰랑거리는 식혜가 있다.
목욕탕 썬베드에서 쉬고 있노라면 마치
고급 풀빌라 리조트에서 모히또 한잔 들고
썬베드에 누워 수영장 물결을 감상하는 기분이다.

다른 이들에게 보여줄 인증 사진은 절대 찍을 수 없는 행복,
인스타그램에는 영원히 자랑할 수 없는 행복이다.

목욕탕에서 땀을 쭉 뺀 후

얼음 식혜 통을 들고 썬베드에 누워 쉬는 것만 상상해도,

한증막에 들어갔다 나온 것처럼

양 볼이 복숭앗빛으로 인증되는 나의 찐 행복이다.

힘내라는 말보다는
기프티콘

힘내라는 말보다는 '먹고 힘내.'라는 문구가 적힌
치킨 기프티콘을 보내 주는 것.
내가 해주고 싶은 말을 하는 것보다
'네가 하고 싶은 이야기는 몇 시간이 걸린다 해도
다 들어줄게.'라고 건네는 것.

위로는 상대방에게
내가 가진 시간이라든가 돈이라든가
뭔가 현실적인 것을 내어줄 때 더 힘이 되기도 한다.

줄 수 있는 게 마음뿐이라 미안한 게 진심이고,
마음만으로도 충분한 위로가 되는 것도 사실이지만
사랑이든 위로든 뭐든 더 구체적이고 확연하게
행동으로 표현해 줄 때 힘이 난다 느끼기에.

내 시간과 돈을 기꺼이 내준다는 것이
절대 쉽지 않은 마음임을 너무나 잘 알기에.
그렇게 나는 종종 기프티콘 샵에서
사랑하는 누군가를 위로하는 마음을 고른다.
기력이 없어 보이는 친구에겐 치킨이나 보쌈을,
메마른 감정에 우울한 지인에겐 케이크를,
원하는 결과를 얻지 못해 집에서 칩거 중인 누군가에겐
좋아할 만한 영화 쿠폰을 보낸다.

내가 당신을 기억하고, 걱정하고, 응원하고,
함께 하고 있다는 위로라는 이름의 기프티콘일 것이다.
때로는 되는 일이라고는 하나도 없다며 우울해 하고,
누구 하나 내 마음 알아주지 못하는 것 같아 서운해하는
나란 녀석을 위해 평소 먹고 싶었지만
조금 비싼 가격 때문에 머뭇거렸던
홀 케이크 기프티콘을 사면서 말이다.

실은 아이가 없어도
불가능했던
미니멀 라이프

우리 부부가 미니멀 라이프를 지향하며
집을 가능하면 깔끔하게 유지하려 노력하는 모습을 보고,
몇몇 분들께서는 종종
"아이가 없으니 이렇게 사는 게 가능한 거지."
라는 말씀을 하십니다.
나는 그 말씀이 백 퍼센트 수긍이 됩니다.

우리는 현재 아이가 없는 부부이고 친조카도 없어,
현실 육아가 무엇인지 전혀 감이 잡히지 않는
사람들에 지나지 않습니다.

하지만, 집에 새로운 가족이 더해질 때
그 존재가 돌봄이 필요한 생명체라면,
필요로 하는 물건은 현실적으로 늘어날 수밖에 없습니다.
정기적으로 임시 보호 중이라 며칠 머물다 가는데
적지 않은 짐이 동반되는 강아지 통키만 봐도
즉각 느껴집니다.

물론 여러 명의 자녀분을 두시고
완벽에 가까울 정도로 정갈한 미니멀 라이프로
집의 컨디션을 만드시는 분들도 많습니다.
하지만, 나는 그렇게 야무진 살림 내공이
턱없이 부족한 사람이기에 아이가 생겨도
변함없는 미니멀 라이프로 살아간다고
자신하지 못 합니다.
지금 두 사람의 단출한 살림인데도,
늘 아슬아슬한 미니멀 라이프를
겨우 하는 사람에 불과하니 말이죠.

현실 육아로 분주하시고 혹은 직장에 다니며
치열할 정도로 시간에 쫓기시는 분들 입장에서는,
우리의 미니멀 라이프가 아이들 소꿉장난처럼
철없고 연약하게 보일 만하다 느낍니다.

그럼에도 내가 미니멀 라이프를 소중하게 여기는 까닭은,
집을 정신없게 만드는 근본적인 원인은
다른 누구도 아닌 나 자신임을
미니멀 라이프로 알게 되었기 때문입니다.

결혼 전 나 혼자 자유롭게 살 때
대부분 집의 모습은 어수선했고,
오래 머물고 싶기보다는 오히려 떠나고 싶은,
누군가가 볼까 걱정되는 공간이었습니다.
아이도, 남편도, 집을 타의로 흐트러지게 할 누군가도
없었는데 말이죠.
아이가 없으니, 집에 매트도 없고 장난감도 없고
아기 침대도 없고 유모차도 없는 것이 맞죠.
그래서 아이가 있는 분들에 비해
미니멀 라이프를 훨씬 더 수월하게 하는 거라 여깁니다
(상황이 주는 도움이 큰 덕분일 뿐,
내가 잘나서 미니멀 라이프를 하는 게 아님을 알죠).

하지만, 나 자신은 압니다.
미니멀 라이프를 몰랐다면
집에 매트와 장난감과 아기 침대와 유모차는 없을지언정,
충동구매한 택배 상자가 쌓이고,
사재기한 생필품이 자리를 잡고,

스트레스를 푼다는 이유로 모바일 쇼핑으로 구입한
여러 가지 잡동사니가 잠식하고 있었을 것을요.
그렇기에 나 자신에게 되뇝니다.
아이가 없어 가능한 미니멀 라이프라는 건
백 퍼센트 지당한 말이니
늘 겸손하고 배우는 마음으로 미니멀 라이프를 하기를요.

덧붙여 혼자 살았을 때도 불가능했던 미니멀 라이프이니,
지금의 미니멀 라이프를 하찮게 치부하지 말고
감사하게 여기기를요.
서두에 우리 부부가 미니멀 라이프로
집을 가능하면 깔끔하게 유지하려 노력하는 모습을 보시고,
몇몇 분들께서는 종종
"아이가 없으니 이렇게 사는 게 가능한 거지."
라는 말씀해 주신다고 했던가요?

그 말씀에
"그럼요. 아이가 없으니 이리 살 수 있는 거겠죠."
라고 고개를 끄덕이며,
육아하시는 분들과 육아를 하면서
미니멀 라이프에도 마음을 쓰시는 분들께
말로 표현하기 어려운 깊은 존경을 보냅니다.

아울러 한 마디를 마음속으로 덧붙입니다.

차마 부끄러워 입으로는 내뱉지 못한 고백이죠.

"실은 저는 혼자 살 때

엉망진창으로 해놓고 지냈거든요.

그래서 아이가 없어서 이리 사는 게 아니라

미니멀 라이프 덕분에 이리 겨우 사는 거랍니다."

라는 말을요.

고로, 아이가 없으니 가능한 미니멀 라이프는

내게 너무나 과분한 칭찬이자 오해입니다.

공간을 방해할 어느 누가 없음에도 불가능했던 일상을,

미니멀 라이프로 얻은 운 좋은 사람이니까요.

내가 생각하는
부자의 기준

내가 생각하는 부자의 기준이란
명품 매장에 들어가 "저기서부터 여기까지 물건 다 주세요."
라고 말하는 게 아니다.
유니콘이나 봉황을 실제로 만날 수 없는 것처럼
상상에서만 가능할 것 같기에.

"이미 나는 마음만으로 충분히 부자입니다."도 아니다.
어느 정도 공감하는 가치관이지만,
당장 내가 배가 고파 죽겠는데,
위장이 텅 비어도 마음이 채워지면 괜찮을 겁니다.

라고 말하는 것은 허무하기에.

현실 지향적인 바람을 적어 본다.
이를테면 고급 회전초밥집에 들어가
접시 색상 개의치 않고
"저기 감성돔 초밥부터 여기 성게알 초밥까지 다 주세요."
하는 것.
횟집에 들어가 가격표에 '시가'라고 써진 활어를
망설임 없이 주문해 보는 것.
옷을 고를 때 사이즈와 디자인보다
가격표 먼저 슬쩍 봐야 안심하는 버릇에서 탈피하는 것.
배우고 싶은 것이 있을 때
수강료 때문에 엄두조차 못 내지 않는 것.
하고 싶은 것, 좋아하는 것을 대할 때
소극적이고 수비적이고 방어적인 태도로 일관하던 것에서
벗어나는 것.

적극적으로 공격적이고 거리낌 없이
온전히 즐기며 살 수 있는 것.

내가 생각하는 부자의 기준이다.

3부

우리 같이 행복해요

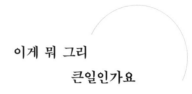

이게 뭐 그리
큰일인가요

우럭과 광어
컨디셔너와 트리트먼트
미더덕과 오만둥이
벚꽃과 매화
철쭉과 진달래

이상은 내가 아직도 헷갈리거나
실체를 알고 충격받은 것들이다.
그동안 해물찜에서 미더덕이라 알고
열심히 골라 먹은 것이 죄다 오만둥이라는
생소한 이름이라는 것을 들었을 때 어찌나 놀랐던지.

극손상 헤어엔 컨디셔너보단
트리트먼트라는 것을 외웠으면서도
헷갈려 그냥 헤어팩을 살 때도 있다.
그래도 경험이 쌓이면서 모듬회를 먹을 때
우럭과 광어 정도는 얼추 구별한다.
(벚꽃과 매화, 철쭉과 진달래… 잎 모양과 개화 시기 등이
다르다고 알고는 있지만 육안으로 얼핏 보면… 흠…. 아직
내공이 부족합니다.)
이렇게 여러모로 상식과 지식 짧은 내가 민망하지만,
마음 한구석 이게 뭐 그리 큰일인가 싶기도 하다.

우럭과 광어 구별 못 해도 맛있게 먹고,
컨디셔너와 트리트먼트 헷갈려도 머리 잘 감고,
오만둥이를 미더덕이라 착각해도 해물찜을 좋아하고,
벚꽃과 매화 차이를 모른다 해도 겨울이 끝났음에 기뻐하고,
철쭉과 진달래가 아리송해도
봄이 되었다며 생생하게 느끼니까.

사람들 눈에 모르는 게 많은 바보로 보일지라도,
마음에 느껴지는 삶의 빛나는 요소가 많다면,
바보라는 말을 들어도 개의치 않고
웃으며 살 수 있을 거라고.

철쭉과 진달래는 여전히 헷갈려 해도,
철쭉 혹은 진달래를 마주하고
깊게 심호흡을 하면서 살고 싶다.

한껏 들이마신 공기에서 달큰한 봄꽃 향기를
느낄 수 있다는 것에 감사하면서.
내가 새로운 봄을 또 맞이했다는 것에,
지금 찬란한 봄에 살아있다는 증거를 생생하게 느낀다.
머리가 아닌 마음으로 말이다.

엘리베이터
안에서
치킨 냄새를
맡으면

치킨을 먹고 싶다는 강렬한 욕구가 생기는 건,

치킨 광고를 봤을 때가 아니다.

우리집 엘리베이터에 배달 기사님 손에 들려 있는,

갓 튀겨 온 우주로 풍미를 발산하는 치킨과 만났을 때다.

치킨의 맛있는 냄새가 엘리베이터 안을 채우고,

기사님이 나보다 먼저 내린 후에도

치킨의 냄새는 그대로 남아있다.

마치 떠나간 연인의 향수가

아직 내 품 안에 남아있는 것처럼.

혹은 엘리베이터를 탔는데

좀 전에 치킨 배달 기사님이 머물다 간 증거처럼
따뜻한 냄새가 그득하면,
어느새 코는 벌렁거리며 열심히 추리하게 된다.

짭조름한 냄새가 난다면 이건 간장 치킨.
달짝지근한 냄새가 섞여 있다면 스위트 칠리 치킨.
매콤한 냄새가 정신을 번쩍번쩍 나게 하면 땡초 치킨.

길거리나 공원 등 다른 장소에선
그 정도로 진한 욕구가 들지 않는데
왜 유독 아파트 엘리베이터 안에서만 그럴까 생각해 보면
밀폐된 데다 넓지 않은 공간이라는 특성 때문이기도 하겠지만,
엘리베이터가 대부분
귀가의 마지막 코스이기 때문이 아닐까 싶다.

밖에서 지치고 피곤한 몸을 이끌고,
회사 정문과 지하철 환승역과 버스 정거장과
혹은 정체되는 거리라는 난관을 고개 넘듯이
거치고 거쳐 목적지인 집을 겨우 앞두고 있는 최종 코스.

엘리베이터에서 내려 집 현관문을 열면,
이 세상에서 가장 편한 상태로
무장 해제되어 쉴 수 있는 나만의 공간인 집이 있다.

그렇기에 엘리베이터,

특히 퇴근길 엘리베이터에서의 우리는

치킨 냄새를 맡게 되면 자동으로

'오늘 너무 피곤했는데 냉장고 안에 넣어둔

시원한 맥주랑 곁들여 치킨이나 먹을까?'

하는 생각이 저절로 드는지도.

퇴근길 엘리베이터 안 치킨 냄새를 만나면

짭조름한 간장 치킨은 오늘 누군가의

짠 내 났던 하루를 위로하고,

달짝지근한 스위트 칠리 치킨은

오늘 누군가의 무미건조했던 시간을 다독이고,

매콤한 땡초 치킨은

오늘 하루 누군가의 무기력했던 실패를 격려하겠다 싶다.

혹은 다이어트는 내일부터라는

누군가의 뻔뻔하지만 귀여운(?) 변명이 떠오르기도 한다.

내가 치킨을 먹고 싶다는 강렬한 욕구가 생기는 건,

치킨 광고를 봤을 때가 아니다.

퇴근길, 우리집 엘리베이터에 배달 기사님 손에 들려있는

갓 튀겨 온 우주로 풍미를 발산하는 치킨과 만났을 때다.

치킨이라는 이름을 가진 음식은

집으로의 무사 귀환을 의미하니까.

나와 가까운 곳에 사는 누군가
오늘 저녁 치킨을 먹으며 하루를 마무리하는 것처럼,
나도 그들처럼 집에 잘 돌아왔다는 안도감을 느낀다.

치킨을 당장 주문하지 않는다고 해도,
'그래, 집에 와서 치킨 정도 시켜서
먹을 여유 정도는 내가 있지.'
혹은 '눈치 안 보고 마음 놓고 치킨 뜯을
내 집에서 이제 쉬어야지.' 하는 그런 마음.

엘리베이터 안에서 만나는 치킨 냄새는
나 그리고 가까운 곳에 사는 우리 모두
그럭저럭 오늘 하루 잘 버티고 집에 잘 돌아왔다는 의미.

피곤함에 찌든 몸으로 엘리베이터에 탄 건 어느새 잊고,
내가 주문자도 아니면서 괜히 들뜨고 설레는 마음으로
코를 벌렁거리면서 말이다.

이런 귀찮음
또 없습니다

만약 신께서 일상의 사사롭고 귀찮은 것들 중
딱 하나만 없애주겠다는 제안을 한다면
아마 세계 곳곳에서 밀려드는
별의별 요청으로 시끄러울 것이다.
나부터도 귀찮은 게 하루에도 수십 개씩 나열되는
게으른 인간이기에 그런 제안 대회에서 빠지면 섭섭하다.

졸린데 화장실에 가고 싶을 때 대신 해결해 주기.
추운데 맥주는 마시고 싶어 편의점에 사러 가야 할 때
냉장고에 맥주 채워주기.

피곤한데 화장은 지우고 자야 할 때 화장 지워주기.

여러 개의 얼토당토않은 귀찮음이 연이어 떠오르지만
난 이거 하나면 충분하다 신께 말할 수 있다.

바로 공인인증서 갱신이 필요 없게
공인인증서라는 시스템을 완전히 폐지해 주는 거다.
공인인증서를 갱신하라는 메일을 보는 순간
내 몸 안의 모든 세포에서 귀찮음이 솟구침을 느낀다.
마치 자양강장제 한 모금만 마셔도 몸 전체가
에너지로 솟구치는 광고 속 특수효과처럼 말이다.
고매한 전문가분들께서
깊은 연구를 걸쳐 만든 존재일 테니
이런 말씀을 드려 본의 아니게 송구스럽지만,
나 따위 지식 얕은 사람으로서는
공인인증서라는 단어만 들어도 그동안의 울화가 차오른다.

공인인증서를 깔려고만 하면
어찌나 부수적으로 나도 좀 함께 다운로드 해 달라는
기생충 같은 설치 프로그램들이 많은지
가뜩이나 부실한 노트북에 자리를 내어주다 보면
이후에 버벅거림과 속도 느림과 창 꺼짐이라는
갖은 디지털 합병증이 발병하기 때문이다.

어디 그뿐이랴.

공인인증서에 연결된 각종 은행과 보험 앱 등
모조리 수작업으로 하나하나 갱신 작업을 해줘야 한다.
요즘같이 스마트한 시대에 이게 뭔 짓인가 싶다.
더구나 엑티브엑스, 넌 정말 엑스야. 엑스라고!
하면서 모니터에 대고 짜증을 퍼부었던 시절도
주마등처럼 스쳐 지나간다.

어느 날은 대체 공인인증서는
어떤 작자들이 만든 것인가 제대로 찾아보았다.
일단 용어 정의는 '온라인 세상에서 모든 전자거래를
안심하고 사용할 수 있도록 해주는 온라인 인감증명서'
란다.
읽자마자 웃기고 있다는 말이 튀어나왔다.
'안심'하고 사용할 수 있도록 해 주는 게 아니라
'극심'한 스트레스로 사용 못 하게 하는 게 맞겠지! 하면서.

오죽하면 드라마 〈별에서 온 그대〉에서
천송이가 입고 나온 코트를 외국 팬들이
공인인증서가 없어서 구매하지 못 한다는 불평이
글로벌 뉴스화 되었을까.
그 사건이 도화선이 되어 공인인증서 의무화를 폐지하되
자율에 맡기는 것으로 개편되었다.

하지만 불행히도 의무 사용이 사라졌을 뿐
기업 자율에 맡겨졌기에
아직도 수많은 기업은 공인인증서를 택하고 있다.
(기업에서 공인인증서 따위 없애시죠! 하는
영웅이 많아지길 잠시 행간에 머물러 기도합니다.)

그렇다면 대체 누가 만들었단 말인가?
"1999년 전자서명법이 발효되자 전자정부의 초석을 다지기
위해 암호학 교수 11명이 모여서 연구를 시작했다. 그러나 연
구 도중 상공회의소와 행정부를 중심으로 한 축과 금융결제
원, 은행, 보험 등 금융업계의 두 파벌로 나뉘었다."

이제 알겠다….
공인인증서가 왜 이리 어렵고 비호감인지.
암호학 교수 11명에서 시작되었으니
얼마나 안 풀리는 암호로 만들어졌겠는가?
(물론, 이건 지식 짧은 나의 논리 없는 추측이다.)
두 파벌로 나뉘었다니….
자고로 파벌 싸움만큼 나쁜 게 없다 했다.
(이 역시 지식 짧은 나의 근거 없는 억측일 것이다.)
이렇게 말이 구구절절 투덜거림이 긴 까닭은,
공인인증서 만기가 앞으로 고작 사나흘밖에 안 남았다는
다급한 안내 문자를 받았기 때문이다.

갱신 가능 기간을 넘기면 더 골치가 아파지니
마음을 다잡아 귀찮음을 물리치고 공인인증서 따위
대체 누가 왜 시작했는지는 잠시 던져 버리고
갱신을 해야 하는 것이다.

이런 넋두리를 할 시간에 공인인증서 갱신을 하면
더 일찍 끝났으련만….
쓸데없어 보이는 악순환을 반복하는 기분이라
하기 싫은 게 더 크다.
일 년마다 돌아오는 절대 반갑지 않은 손님,
공인인증서 갱신.
내 생각에서 나라에서 일 년마다 모든 국민에게
골고루 나누어주는 '공적 귀찮음'이 아닐까도 싶다.

만약 신께서 일상의 사사롭고 귀찮은 것들 중
딱 하나를 없애 주겠다는 제안을 한다면
아마 전 세계 곳곳에서 밀려드는 별의별 요청으로
시끄러울 게 분명하다 했던가?
그때 대한민국에선 누군가
자, 신께서 다수결 의견을 선착순으로 처리해 주신다고 하니
우리나라는 공인인증서 완전 폐지가 어떨까요?
라고 한다면 나는 무조건 표를 던질 것이다.
지금 내가 노트북 앞에서 공인인증서 때문에

온갖 프로그램을 설치해서 에러가 나는 모니터를 보며
마우스를 던지고 싶은 심정으로 말이다.

홍차의 시간

나는 홍차 애호가는 되지 못하는 사람이지만,
홍차 좋아하는 사람을 좋아하는 애호가다.
말이 좀 이상하게 들릴지 모르겠지만,
나는 처음 만나는 누군가와 카페를 갔을 때
그 누군가가 홍차를 택하면
순간 그 사람을 특별하게 보는,
편견이라고 한다면 아름다운 편견이 있다.

나는 홍차를 즐겨 마시는 사람이라면
어쩐지 사려 깊고 따뜻하고 우아하고 포근할 거라는

생각을 하고 있기에.

그 시작은 대학에 처음 들어가 만났던 같은 학번 동기다.

나이는 동갑이었지만 어딘지 어른스럽고

그렇지만 유머가 넘치면서도 절대 경박스럽지 않은

한결같이 품위가 느껴지는 친구였다.

그때만 해도 지금처럼 카페 문화가 대중화되지 않았던

시절이기에 핸드드립 커피만 마셔도

작지 않은 사치라 느껴질 때였는데,

그 친구가 생전 처음 들어보는 티를 주문하는 거였다.

장미 향이 폴폴 풍기는 이름 모를 티백에

뜨거운 물로 우려 마시는

뱅갈로즈라는 이름의 홍차였다.

어렸을 때는 서울 우유 청소년기에는 카프리 썬

어른이 되어서는 맥심 커피만 알던 내게

홍차는 새로운 문화였다.

낯설지만 신기한 존재.

그보다 더 매혹적인 것은

홍차를 대하는 그 친구의 에티튜드였다.

다른 이들은 덜그럭거리는 찻숟가락으로 커피를 젓거나,

쭉쭉 소리가 날 때까지 남은 청량음료를 마시고 있을 때

그 친구는 홍차가 그윽하게 우러나와서

장밋빛이 물에 충분히 퍼져나갈 때까지
차분하게 기다리는 모습이
소란스러운 시내 한가운데에서 홀로
슬로모션으로 움직이는 주인공을 보는 것처럼 아름다웠다.

다 우러난 티백을 신중하게 손으로 잡아
접시 위에 조심스럽게 놓고
홍차가 담긴 유리잔을 향부터 음미한 다음
천천히 한 모금씩 넘기는 모습에 나도 모르게
그 애 옆자리로 다가가 그 향을 가깝게 맡으며
"향 너무 좋다."라는 감탄을 했다.

이후 나는 그 친구가 즐겨 간다는 명동 중국대사관 뒤쪽
어느 홍차 전문 카페에 가는 동반자가 되었고,
자연스레 홍차를 함께 마시는 동안
이런저런 속 깊은 이야기까지 나누는 사이가 되었다.
홍차 리스트가 빽빽하게 적힌 메뉴판을 보고
오늘은 이 홍차가 좋을 것 같다며
추천해 주는 세심함도 좋았고,
적당하게 우러나는 티백의 타이밍을 놓치지 않고
내 홍차 잔의 티백을 꺼내주는 다정함도 좋았다.
내가 두서없이 조잘조잘 수다를 떨 때도
언제나 천천히 맞장구를 쳐주며

중간중간 홍차를 마시면서 고개를 끄덕이며 공감해 주던
그 친구 덕분에 나는 홍차를 좋아하는 사람은
이렇게나 따뜻하고 세심하다는 편견을 가지게 된 것이다.

이후 이런저런 세월의 흐름으로
친구와의 연은 아쉽게도 느슨해졌지만,
아직도 나는 처음 만났을 때
카페에서 홍차를 주문하는 사람에게는
그 친구에게서 느꼈던 차분한 믿음을 기대하게 되었다.
이 사람과는 어쩐지 좋은 관계가 될 거 같다는,
최소한 이상한 사람은 아닐 거라는 편견.

그런 내 아름다운 편견이 아직도 유지되고 있는 까닭은
대인관계에 서툰 나란 사람에게
다정하고, 세심하고, 진득하고, 배려 깊음을 보여준
대부분의 이들은 신기하게도
모두 홍차를 좋아하는 공통점이 있기 때문이다.

나는 홍차 애호가는 되지 못하는 사람이지만,
홍차 좋아하는 사람을 좋아하는 애호가다.

더 정확히 말하면
홍차를 좋아하는 그 시절 내 이야기를

홍차 같은 차분함으로 들어주던

세심하고 따뜻했던 친구를 닮은 사람을 좋아하는

애호가일 것이다.

나를 닮은
당신에게

'옷많입없' 감염자분들께 보내는 편지

요즘 사람들에게 고질적으로 발견된 공통된 지병은, ACNW (a lot of clothes, but nothing to wear)라고 합니다. 눈으로 보이는 옷의 수는 상당하지만, 뇌에서는 '옷은 많지만 입을 게 없다.'라고 인식하는, 시각과 뇌의 반응이 오류가 나는 질환입니다. 일명 '옷많입없'이라는 신조어로 불리기도 하죠.

심각한 질환이 분명한데도, 더 큰 문제는 질환임을 인지하고 있는 사람은 극히 드물다는 겁니다. 아울러 의학계에서도 치료제 개발을 시도조차 안 하는 것이 현실적인 상황이죠. 그 까닭은 전 세계 자본주의를 이끄는 패션 업체와 쇼핑 네트워크 등 주 소비 업계에서, 이 지병을 영리하게 이용해 매년 기록적인 매출을 끌어내고 있기 때문입니다.

옷은 많지만 입을 게 없다는 질환에 걸리면 옷이 있음에도 자꾸만 사고, 샀지만 어쩐지 그래도 입을 게 없다는 악순환의 고리에 빠져 증상은 점점 악화 일로를 향합니다.
그 결과 나타나는 합병증이 있는데 '이 옷에 신을 구두가 없다.', '이 옷에 들 가방이 없다.'이고 만성으로 접어들면 '이 옷에 어울릴 기분이 없다.'의 단계에 이릅니다.

이 중 최악의 합병증이라 불리는 건 '옷은 매번 바꿔 입지만 패션 감각은 없다.'라는 자괴감인데, 이런 양상이 보일 때는 이미 뇌의 면역체계는 대부분 무너져 옷만 기하급수적으로 늘어나 집에 있던 행거가 그 무게를 못 이겨 무너져 내리는 결말을 맞이하게 됩니다.

그런 비극적인 결말이 사회 곳곳에서 나타나자 패션 업계의 내부 인물 중에서는 이것은 질환이 분명하다는 양심선언을 하는 이가 있기도 했지만, 의류 광고가 주 수입원인 대형 미디어에서는 철저한 언론 통제를 하기 때문에 그들의 양심선언이 대중들에게 전달되기란 거의 불가능에 가깝습니다. 혹여 그들의 외침이 대중들에게 들린다 해도, 새로운 계절이 왔는데 입을 게 없다는 시즌별 공략이나, 결혼식에 입고 갈 게 없다는 행사별 공략, "모 연예인이 입고 나온 블라우스 정보 좀요."라는 댓글 문의 공략 등 실로 다양한 단계의 자극 요법으로 증상을 더욱 가중할 뿐이죠.

하지만 정의롭고 용감한 몇몇 인물들로 비밀리에 지하 조직이 결성되어 이 질환을 치유하기 위한 치료제 개발이 수년간 계속되었고, 그 결과 미니멀 라이프라는 이름의 치료제가 극적으로 완성되었습니다.

미니멀 라이프란 비움을 키워드로, 가지고 있는 옷을 죄다 꺼내놓고 면밀히 분류하는 작업을 하게 되는데, 동산처럼 쌓이는 규모에 놀라고 사 놓고 상표조차 떼지 않은 옷도 수두룩하다는 것을 깨닫게 됩니다.

그 결과 내겐 이미 옷이 아주 많다는 시각적 자극과 뇌 속 정보가 일치하는 극적인 기적을 발휘합니다. 눈에 보이는 것과 뇌가 인식하는 것이 일치하는 것으로 그동안 마비 상태에 가까웠던 면역체계가 살아나면서, 정리정돈 효과가 집 안 청소로까지 이어지는 놀라운 신체 변화를 맞이하죠.

미니멀 라이프 치료제로 인해 패션 업체와 쇼핑 네트워크는 소비 주가가 급격하게 하락 추세를 보이는 것에 긴급 소집을 하게 되고, 미니멀 라이프 치료제를 개발한 지하 조직을 추적하는 데 총력을 기울이게 됩니다.

지하 조직에서는 치료제를 복용한 사람들에게 재발 방지를 위해 한동안 스마트폰의 쇼핑 알람을 끄고 쇼핑몰을 우회함으로 바이러스 접촉을 최대한 피하라는 추가 처방을 합니다.

미니멀 라이프 치료제는 꾸준한 복용을 해야 하며 특히 새로운 계절인데 입을 게 없다는 재발 요인이 짙은 시즌에는 '봄맞이 대청소' 같은 미션 수행으로 심신을 달래거나 그것마저 도움이 안 된다면 미니멀 라이프 주제의 인터넷 강의를 수시로 수강하는 것도 잊지 말라는 당부와 함께요.

미니멀 라이프 지하 조직과 패션 업체의 치열한 접전은 미니멀 라이프 조직이 초반 승기를 잡으면서 우위가 점쳐졌답니다. 왜냐하면 도처에 '알고 보니 저에게는 이렇게나 많은 옷이 있었답니다.'라는 깨달음과, '옷은 많지만 입을 게 없었다.'라고 착각했던 교만을 반성한다는 눈물 어린 간증과 '허투루 비우지 않고 선한 마음으로 기부하며 옷을 나누겠다.'라는 범국민적인 캠페인까지 줄을 이었기 때문입니다.

그 결과 미니멀 라이프 치료제 복용자들은, 서서히 쇼핑몰 인접 도로도 자유롭게 왕래할 정도로 빠른 회복을 자랑했습니다.

• • •

하지만 쉽게 포기할 수 없는 패션 업체는, 미니멀 라이프 치료
제로 강렬한 면역력을 발휘하는 그들을 무너뜨리기 위한 히든
카드를 내세웁니다. 그것은 바로 미니멀리즘 패션이라는 키워
드죠. #미니멀 패션이라는 해시태그 마케팅을 통해, 패션에 자
연스럽게 미니멀을 스며들게 해서 거부감 없이 다시 소비 세포
를 부활하게 만드는 거였습니다.

그 결과 미니멀 라이프 지하 조직 내부에서도 미니멀 패션 또
한 미니멀 라이프의 하나라고 주장하는 세력과 절대 용납할
수 없다는 세력으로 내부 분열이 시작되었고, 뒤를 이어 미니
멀 라이프 치료제를 복용하던 사람들에게서도 전에 없던 부
작용과 약을 끊고 다시 옷은 많은데 입을 게 없다는 말을 되
뇌며 이전보다 더 심각하게 무너지는 혼란의 시대가 됩니다.

일부 해외 국가에서는 ACNW(a lot of clothes, but nothing
to wear) 질병의 호전과 악화가 반복되는 사람들을 위한 정
부 차원에서의 명상 센터 건립 추진과 구글에서 미니멀 패션
검색어를 블라인드 처리하는 방안도 검토 중이긴 하지만, 워
낙 전염력이 강한 질병이기에 치료는 이전보다 미비한 단계에

머무는 처지입니다.

참고로 나는 근 몇 년 동안 미니멀 라이프 치료제를 꾸준히 복용해오고, 쇼핑몰 알람도 최대한 피하고, 블랙 프라이데이 같은 치명적 유혹의 세일 기간에는 쇼핑몰 근처에도 가지 않는 집순이 은둔법으로 ACNW 재발을 나름 철저하게 방지해온 사람입니다. 그래서 옷은 많지만 입을 게 없다는 말은 과거형으로 저장되었다 자부해왔죠.

그런데요, 근래 우연히 보게 된 모 쇼핑몰의 원피스 한 벌로 전에 없던 재발 증상이 감지되었답니다. 원피스를 사고 싶다는 욕망을 자꾸만 '옷은 많은데 입을 게 없다.'는 변명으로 합리화시키려 하는 본능이 솟구치기 때문이죠.
권고받은 추가 처방법으로 미니멀 라이프를 주제로 한 인터넷 강의를 틀어놓았으나, 어느새 마우스는 쇼핑몰을 클릭하고 원피스 최종 결제 직전까지 가기도 합니다.

그렇게 겨우겨우 재발 방지에 힘을 쓰던 차 해당 쇼핑몰에서 전에 없던 세일을 한다는 소식을 접하자 미니멀 라이프로 겨우 정상화된 면역체계는 금방이라도 무너질 듯 위태로워졌습니다.

평소 흠모하던 모 연예인이 그 옷과 흡사한 스타일의 패션을 착장해서 등장하자, 숨겨놨던 덕력이 무한대로 증가해 '옷많입 없'을 외칠 뻔하기도 했죠.

나란 사람은 ACNW 질환 재발 증세가 인지되면 항상 노트북에 상비약처럼 마련해둔 미니멀 라이프를 타이틀로 한 블로그에 글을 기록하며 심신을 다스립니다.
자, 그래서 혼미해진 정신을 가다듬고 의식이 몽롱해지면서 쇼핑몰로 클릭하던 마우스를 애써 멈추고… 블로그에 들어와 이렇게 마음을 가다듬으며 글을 쓰고 있는 겁니다.

부디 이번 증상이 잘 지나가기를 바라며 이렇게 쓸데없이 구구절절 글을 썼답니다. 이 글을 읽는 분들이라면 아마도 나처럼 대부분 같은 증상을 앓고 계셨거나, 현재도 재발 방지를 위해 엄격한 식단과 규칙적인 생활과 더불어 미니멀 라이프 처방으로 지내시는 걸로 추측합니다.

나는 재발 바이러스가 이미 깊숙하게 침투된 상태지만….
여러분들만이라도 강건하시기를 바라며 전해봅니다. 블로그 들어오실 때 가급적이면 블로그 앱으로 접근하셔서 포털에 뜨는 쇼핑몰 광고 접촉을 최대한 피하시고, 혹여 쇼핑몰에 자동 클릭이 되어도 카테고리에 들어가는 실수는 범하지 마시기를요.

혹여 호감인 연예인이 입고 나오는 옷이 눈에 들어오시더라도 '패션의 완성은 얼굴이다.'라는 대대손손 내려오는 잔인하지만 가차 없이 들어맞는 명언을 떠올려 보시기를요….
잊지 마세요.

나는 혹여 항체력이 기력을 다해 추후 '옷많입없'이 재발한다 해도 여러분들의 재발은 일어나지 않기를 바라며 사력을 다해 작성한 이 편지가 여러분들에게 잘 도착하기를요.
여러분들의 미니멀 라이프는 소중하니까요.

나중에 내가 새로 산 원피스를 #신상득템 #시즌특가 #미니멀 패션 #소비요정 부활이라는 해시태그로 올리는 것을 보시게 되면 '저런 〈ACNW〉가 다시 재발했구먼….'이라며 그래도 최후까지 재발 방지를 막고자 애쓴 나를 딱하게 기억해 주시면서 응원 차원으로 하트 한번 눌러 주십사 뻔뻔하게 부탁드리며 이번 편지를 마칩니다.

세일 눈치 작전

쇼핑을 할 때 가장 낭패스러운 건
인터넷에서 모델이 입었던 것과 핏이 다르거나,
사이즈가 안 맞을 때가 아니다.
오늘 배송 받아 개봉한 물건이
다음날 폭풍 세일한다는 소식을 마주 할 때다.

물론 세일은 판매자나 소비자 입장에서
서로가 윈윈할 수 있는 마케팅이 분명하다.
나 역시 원하는 물건을 세일로 득템하면
세상 뿌듯하니까.

하지만 세일에도 자고로
상도덕이라는 게 있어야 한다 생각하는데,
출시 된지 얼마 지나지 않아 엄청난 할인율로 판매되는
브랜드의 기습적인 세일은 당황스럽다.

시즌이 종료되는 시점에서 판매되는 거라면 몰라도
마치 겨울 시작과 동시에 신상으로 나온 걸 정가로 샀는데,
일주일도 안 되어 감사 세일, 패밀리 세일이란
온갖 수식어로 내 신상 물건을 다른 이들은
절반도 안 되는 가격으로 살 때는 무척 섭섭하고,
해당 브랜드에 대한 신뢰가 줄어든다.

일 년 내내 노세일로 유지되는 브랜드의 물건은
필요하다면 망설임 없이 사지만,
들쑥날쑥 세일이 잦은 브랜드의 물건은
머릿속에 정가로 사면 바보라는 것을 상기한다.

나야 물건을 파는 입장의 고충이나
세일 마케팅을 고심하는 분들의 전문적인 지식을
전혀 모르는 문외한이다 보니,
세일에 대한 단편적이고 개인적인 투덜거림밖에
늘어놓을 수 없는 소비자에 불과할 것이다.

그럼에도,

다른 곳보다 비싸면 차액을 돌려드립니다 같은 보상처럼

지금 사셨는데 최소 보름 또는 한 달안에

몇 % 이상의 세일가로 판매 시 차액을 돌려드립니다 같은

보장도 절실하다 말하고 싶다.

빨리 사서 그만큼 일찍 사용했으면

할 말 없는 거 아닌가요?라고 누군가 지적한다면

그것도 맞는 말씀이시지만

어제 사서 오늘 배송 받아

얼굴에 지금 막 발라본 화장품인데,

오늘부터 70% 세일이라는 할인 광고를 마주하니

이거야 원 자꾸만 입이 삐죽삐죽 튀어 나오는 것이다.

맘 편히 노세일 브랜드만 애용하면 좋겠지만,

노세일 브랜드는 또 가격이 만만치 않을 때도 있으니

그렇게 나는 물건을 살 때 마음속으로

세일 눈치 작전에 돌입한다.

*존버인가, 아님 지금이 타이밍인가 하고 고심을 거듭한다.

———

*어떻게든 버텨낸다는 의미의 신조어

하루 차이로 70% 세일 찬스를 놓치고
정가로 구매한 화장품을 바를 때마다
애써 담담한척 하지만 속으로는
"아이쿠 아까운 내 돈…. 하루만 기다렸다 살 것을….”하며
내적으로 동동거리는 발을
멈추지 못 하면서 말이다.

그런데 애석하게도(?) 화장품은
피부에 어찌나 착 달라붙던지….
하루 일찍 샀을 뿐인데 다른 사람들보다
70%를 비싸게 주고 산 것이 화가 나서
내 두 번 다시 이 브랜드에서는 사지 않으리라
했던 다짐이… 배알도 없이… 잊히면서

자꾸만 70% 세일 가격에 한 개 더 살까 하며
눈길이 간다.
세일 눈치 작전에 실패한 것도 부족해
자존심 지키기 작전마저 늘 폭망하는 나란 녀석이다.

네 거친 신발과
불안한 침대와
그걸 지켜보는 나

미국 드라마를 볼 때마다 받는 충격적인 장면이 있다.
대반전 결말도, 끝도 없이 뒤엉킨 캐릭터 열전도,
스펙터클한 자본주의 기술력도 아니다.
바로 신발을 신고 집에서 활보하고
침대에까지 눕는 모습이다.

가장 충격적인 건 파티 장면이다.
친구들이 떼거리로 몰려와 춤을 추고, 먹고 마시고,
아무리 친구 집이라고는 하지만 남의 집 안방에서
애정행각도 서슴지 않는 미국 드라마의

파티 장면을 볼 때면 집중이 안 된다.
쟤네들은 저렇게 놀아도 괜찮은 건가?
내가 다 불안하고 걱정이 되기 때문이다.

저렇게 신발을 신고 들어오면
바닥 청소는 어떻게 하는 건가
팝콘을 공중에서 흩뿌려 놓으면
소파 틈 사이로 들어갈 텐데 어떡하려고
냉장고에서 다들 꺼내 먹기만 하고
술은 따라 마시기만 하는데
아무리 식기세척기가 있다 해도 설거지는 누가 하는가

나도 적지 않은 나이가 되어서 이제야 조금 사람답게
정리정돈 겨우 하고 지내는 사람임에도,
주인공이 깊은 고민에 빠져 침대에 털썩 주저앉을 때
함께 눈물을 흘려야 하는데,
밖에서 신던 흙 묻은 신발이
침대 시트 위에 있는걸 보면,
내 침대인 것처럼 충격적인 시선으로 보게 되고,
집에 친구들을 불러 신나는 파티를 할 때도
그들이 먹고 마시는 술과 음식물 잔해가
벽에 튀고 카펫에 얼룩을 남길까 봐
마음 한구석 조마조마하며 보게 된다.

하지만 내 이런 걱정이 무색하게 미드 속 주인공 중 대부분은
소파에 팝콘이 들어갔다고 크게 절망하거나,
주방 타일에 칵테일이 죄다 튀었다고
고무장갑을 낀 엄마 손으로 등짝 스매싱을 맞는 일은 없다.

어느 미국인의 눈엔 우리가 식탁 위에 냅킨이 아닌
일명 토일렛 페이퍼(Toilet Paper)라고 불리는
두루마리 화장지를 음식과 함께 올려놓는 것에
아연실색할지도 모르는 것처럼
그저 서로가 다른 문화 차이일 것이다.

그런데도 나는 미드를 보면서
여전히 주인공에게 이상한 방식으로 감정이입을 한다.

마이클, 너 아까 진흙탕에서 범인 쫓았잖아.
근데 그 신발로 침대에 그대로 눕는 거니?
존, 팝콘 좀 제발 그냥 먹으면 안 되겠니?
꼭 그렇게 공중으로 흩날려야겠냐고.
소피 너도 운동화 신은 발 소파에서 내리면 안 될까?
이렇게 나의 미드 관람은 어떤 장르를 보아도
마음을 결코 놓을 수 없는 충격과 긴장감이 함께 한다.

드라마의 모든 떡밥 요소가 회수되고,

진범이 밝혀지고, 반전 결말이 확연해지며
시즌 종료가 되어도 나는 마음 한구석 계속 찜찜하다.

마이클의 진흙 묻은 침대 시트가 걱정되고
소파 사이로 들어가 꺼내지 않았을 캐러멜 팝콘이
끝내 녹아 찐득찐득해질 거 같아 염려하면서 말이다.

이역만리에서 미드를 애청하며,
쓸데없는 청소 오지랖으로
마이클의 거친 신발과 불안한 침대와
그걸 지켜보는 나란 사람이다.

돌아와요
무한도전

토요일 오후 6시 30분 MBC에선
유재석 씨가 출연하는 〈놀면 뭐 하니?〉가 방송된다.
시청 반응도 호평 일색이고,
내가 좋아하는 유재석 씨가 나와서
보고 싶은 마음이 컸지만
나는 한동안 일부러 보지 않았다.
그 시간대에 방송되던 지금은 종영한
〈무한도전〉 때문이다.

나는 흔히 사람들이 말하는

무한도전의 열렬한 팬인 '무도빠'다.
친구와의 주말 약속도
무한도전이 끝나는 시간에 맞추어 잡고,
매년 새해 준비로 무도 달력을 구매했다.

처음에는 무모한 도전이란 타이틀로
처참할 정도의 시청률을 기록했지만,
나는 잃어버린 내 자아를 찾은 것처럼 열광했다.

대한민국 평균 이하라고 자부하는 사람들이 나와
황소와 줄다리기, 지하철과 달리기 시합하기,
롤러코스터 타고 립스틱 칠하기, 강풍기에 낙엽 달아서
젓가락으로 줍기 등. 온 몸을 던져서 도전하는 것에
"대체 왜 이딴 짓을 오락이랍시고 멍청하게 하고 있나?"
라며 많은 이들이 한심하게 바라보며 혀를 찰 때,
나는 경이로운 눈빛으로 열광했다.

말도 안 되고 실패할 게 너무 뻔한 것에
꾸역꾸역 도전하는 그들의 무모함이
이제껏 보지 못한 엄청난 자유로움을 느끼게 했다.

지식을 많이 쌓거나, 메달이라도 목에 걸거나,
좋은 대학에 들어가거나,

예능에서도 스포츠를 멋지게 해내거나 하는
멋진 결과물이 보장되는 도전만을 교육 받고 자란 나에게
무한도전의 엉망진창으로 실패만 하는 도전은
그야말로 신선했다.

다행히도 그렇게 느끼는 시청자들이 나뿐만은 아니어서
무한도전은 차츰 마니아를 형성해
어느새 국민 예능이라는 타이틀까지 꿰찼다.
사실 무한도전이 너무 큰 주목을 받을 때
반은 기쁘고 반은 불안했다.
이제는 롤러코스터를 타고 립스틱을 바르는
한심해 보이는 게임 같은 건 기대조차 못 할 거 같아서.

하지만 나의 그 불안은 기분 좋게 빗나갔다.
인기가 많아져도 비 오는 논두렁에서
양은 주전자와 쟁반을 머리에 이고 하는 새참 달리기 같은
무한도전만의 허술하고 대책 없는 유머는 유지되었다.

그렇게 나는 무한도전과 긴 세월을 함께 했다.
혼자 자취하며 심심하고 울적할 때도
케이블 어느 방송사든 언제나 무한도전 재방을 해 주는 덕에
웃으며 버틸 수 있었고,
새로운 사람을 사귀는데 융통성이 없는 나도

무한도전 이야기만 꺼내면
어느새 편안하게 대화를 하게 되었다.

솔직히 지금도 이해가 안 간다.
그 많은 사랑을 받은 무한도전이
왜 갑자기 훅 이별을 고했는지.

13년, 4705일 동안 함께 했던 무한도전은
2018년 3월 31일 마지막 방송을 했다.
방송을 직접 만드는 여러 사정들,
문외한인 나는 잘 모르는 복잡한 내부 상황들이 있었겠지만,
무한도전의 마지막 방송이라는 날조차
철석같이 몰래카메라일 거라 현실을 부정했다.
지금도 우연히 '너의 목소리가 들려-'로 시작하는
델리스파이스의 노래를 들으면
무한도전의 텔레파시 특집이 생각나 마음이 뭉클해진다.

무한도전 마지막 회를 한 지 2년이 넘었지만
갑자기 잠수 이별로 황당하게 했던 과거 속 그놈보다
더 궁금하다.
대체 우리가 왜 갑자기 헤어졌는지 이유라도
알고 싶어 지금도 답답하다.
봅슬레이, 레슬링, 조정 경기만 보면 마음이 애잔해진다.

무한도전을 혹자는 최고의 드라마, 최고의 예능,
최고의 다큐, 최고의 시사라고 평가하지만,
내게는 최고의 친구, 최고의 위안,
최고의 웃음, 최고의 실패였다.

말도 안 되는 것에 늘 도전했지만, 매번 실패했던 그들.
언제나 실패해도 또 도전해보는 그들이 내게 알려준 건
아름다운 실패였다.
뭐든 무모하더라도 몸으로 도전해보라는 것.
그러고 나서 실패하는 건 실패라 해도 괜찮다는 것.

이제는 토요일 오후 6시 30분 MBC에선
무한도전이 아니라 〈놀면 뭐 하니?〉가 방송된다.
시청 반응도 호평 일색이고,
내가 좋아하는 유재석 씨가 나와서
보고 싶은 마음이 컸지만
나는 〈놀면 뭐 하니?〉를 제대로 시청하기까지
마음의 결심이 필요했다.
유재석, 이효리, 비가 함께 하는
혼성그룹 '싹3'가 어찌나 재미있던지
어느새 본방 사수까지 하게 되었지만
내 마음 한구석엔 이렇게 〈놀면 뭐 하니?〉가 흥할수록 무한도전이 영영 잊혀질까 하는 미련이 자꾸 생긴다.

〈놀면 뭐 하니?〉가 너무 잘 되어
그 시간에 자리를 잡아 버리면
나의 무한도전이 돌아오기 어려워질까 봐.
내가 그 시간에 했던 무한도전을
얼마나 사랑했는지 쉽게 잊을까 봐.
다시는 돌아갈 수 없는 청춘처럼
다시는 볼 수 없는 과거로 단정지어질까 봐.

분명히 "다시 돌아올 것을 약속 드리겠습니다."
라고 말하지 않았느냐고,
"자니?"라며 질척거리는 전 애인처럼
김태호 피디님께 카톡을 보내고 싶어진다.

아직도 토요일 저녁 6시 30분이면 두 손바닥을 벌려
티브이 모니터 앞에서 "무한-도전!"이라고
함께 외칠 준비가 되어 있는
무한 존버 중인 무도빠라는 이름으로 말이다.

오늘도
한 입만

무한도전은 내 삶의 큰 부분을 차지하는 프로그램이었다.
토요일 '닥본사'(닥치고 본방 사수)를 하기 위해
약속을 잡지 않았던 14년이었건만
무도가 사라진 이후 급격히 토요일이 쓸쓸해졌다.
그러던 어느 날, 나의 헛헛한 마음을
조금이나마 달래줄 프로그램을 알게 되었다.
바로 '맛있는 녀석들'이다.
방영 요일은 토요일이 아닌 금요일이지만
첫 등장은 무한도전만큼이나 나의 모니터 속
소울메이트를 만난 듯 반가웠다.

왜냐하면 맛있는 녀석들을 보고 마치 무한도전 같은
날것 그대로의 웃음을 지었기 때문에.

기존의 먹방들은 맛을 탐구하거나, 레시피를 알려주거나,
뭔가 좀 화려한 구성이 개인적으로 좀 부담스럽게 여겨졌는데
맛있는 녀석들은 정말 많이 맛있게 잘 드시는 네 분이 나와서
진정성 있게 먹기만 하는 순도 100%의 먹방이었다.

취향은 다 제각각인지라
내 지인은 맛있는 녀석들을 별로 안 좋아하는데
그 이유가 '무조건 먹기만 해서'란다.
그 말을 듣고 난 무릎, 아니 뱃살을 '탁' 쳤다.
내가 맛있는 녀석들을 왜 좋아하는지
거기서 답을 찾았기 때문이다.
바로 지인이 싫다고 말한
'무조건 먹기만 해서'가 나에겐 오히려
맛있는 녀석들만이 지닌 큰 가치였다.

먹는 것 가지고 깊이 연구하거나, 잡다하게 포장하거나,
예능적으로 수단 삼지 않는,
오로지 무조건 맛있게 먹기만 하는 것으로
방송이 채워지는 게 나로서는 정말 편안했다.

방송을 하기 위해 먹는 게 아니라
먹는 것으로만 방송이 만들어지는 것.
그게 맛있는 녀석들이 다른 먹방 프로그램과
차별화되는 개성이겠지.
맛있는 녀석들의 유튜브 채널에서는
지난 방송을 스트리밍해주는데,
집에서 혼밥을 하면서 그걸 볼 때 얼마나 행복한지 모른다.

혹시 이 글을 맛있는 녀석들 출연자분이나
관계자분이 보신다면 말씀드리고 싶다.
무한도전이 14년을 함께 해주었는데
이제 6년 차에 접어든 맛있는 녀석들도 앞으로 (멤버교체 없
이) 10년, 15년, 20년 쭉쭉 지속해 주시기를요.

집에서 먹는 혼밥이지만
맛있는 녀석들을 보면서 함께 감칠맛, 쪼는 맛,
한 입만을 따라 하며 외롭지 않고 즐거운 식사를 하는
어느 맛둥이 시청자가 열렬하게 응원한다고 말이다.

먹어본 자가 맛을 안다는 맛있는 녀석들의 슬로건에
나는 적지 않은 용기를 얻는다.
울어본 자가 눈물 닦을 줄도 알고
넘어져 본 자가 일어설 줄도 알고

실패해 본 자가 성공의 달콤함도 알 거라고 말해 본다.
아울러 먹어본 자가 맛을 아는 것처럼
경험해 보지도 않고 직접 보지도 않은 것을
아는 척하는 알량한 교만만큼은 버리겠노라고.

앞으로 살면서 도전해 보지도 않고
나 같은 사람이 할 수 있겠어? 하는
못난 자존감이 습관처럼 커질 때면
맛있는 녀석들네 멤버들이 힘차게 외치는 구호를
나도 따라 외치기를.

먹어본 자가 맛을 안다!
고로 뭐든 몸으로 직접 도전해 본 자가 결과를 안다!
라고.

비록 '한 입만'이라는 비운의 주인공이 되는
낭패를 맛본다 해도 한 입만이라도
먹을 기회를 얻은 게 어디냐 여기는 긍정적인 식욕을
매사 소심하기 짝이 없는 내 자신이 부디 기억하기를.

덧붙여 맛있는 녀석들을 보며 얻은 절대적인 위안이 있다.
바로 살기 위해 먹는 게 아니라
살기 싫은 우울한 일이 혹여 생겨도

맛있는 거 먹기 위해서 사는 것만으로도
삶은 충분히 괜찮지 않을까?라는 뻔뻔함.

혹여 누군가 내게
살기 위해 먹는 것이지, 먹기 위해 살지는 마라 하는
훈수를 던진다면 당당하게 말할 용기가 덕분에 생겼다.

모양은 좀 없어 보일지 몰라도
"저는 먹기 위해서 삽니다."라고 답하겠다.
세상 비관적인 나란 녀석이 점심에 먹을 돈까스 카레로
저녁에 먹을 쌀국수로 오늘을 꿋꿋하게
잘 살아 내는 게 얼마나 대견(?)한 건지
다른 사람은 몰라도 나 자신은 너무나 잘 아니까 말이다.

노안에
대처하는
마음

병원에서 초기 노안이란 진단을 받았다.
어쩌면 나이가 들수록
당장 가까운 것에만 안달복달하지 말고
좀 멀리서 지그시 바라보면 더 잘 보일 수도 있다는
지혜를 몸이 알려주는 건 아닐까 싶다.

더 잘 보려고, 더 많이 가지려고
내 앞으로 끌어당기는 것에만
아등바등 힘쓰며 살았다면 이제는 조금 뒤로 물러나서,
조금 더 멀리 바라보며 느긋하게 살라고 말이다.

노안.

어쩌면 내 몸의 나이 듦이 알려주는 겸손함 같다.

가까운 것이 희미해진 게 아니라

먼 것이 또렷해진다고 말이다.

베프의 오빠
양준일 님이
돌아왔다

내가 가수 양준일 님을 알게 된 건 순전히 베프 때문이다. 베프는 그분이 얼마나 특별했고 아까운 아티스트였는지 종종 말해 주었다. 베프의 허락을 구하고 그 이야기를 나열해본다.

요즘 시대에 봐도 전혀 올드하지 않은 세련된 무대 안무와 패션 그리고 새로운 장르를 도전적으로 담은 음악으로의 시도는 문외한인 내가 봐도 감탄이 나왔다. 특히나 베프에게 그분은 특별한 존재다.

꼬꼬마 어린 시절 팬레터를 써서 보낸 것이 인연이 되어 1991년 여름 민속촌 팬 미팅에 초대받은 것을 시작으로 이런저런 다정한 추억이 적지 않았기 때문이다. 베프 말로는 친구 중 양준일 님을 좋아한 사람은 본인뿐이었다. 워낙 수줍음 많은 성격인 데다 같이 갈 친구도 없으니 혼자 쭈뼛쭈뼛 쑥스러움 가득한 패닉 상태로 민속촌 팬 미팅에 갔다고 한다.

그때의 팬 미팅은 이름표를 달고 두런두런 함께 걸으면서 잔디밭 위에서 단체 사진도 찍고 민속촌 안에 있던 식당에서 다 함께 밥을 먹는 정도의, 극적인 이벤트 없이 소박하고 따뜻했다고.

소심한 꼬꼬마였던 베프가 혼자 온 것을 보고 당시 양준일 님과 어머님 그리고 매니저 아저씨까지 모두 살갑게 챙겨 주는 것에 엄청난 감동을 하였고, 당시 한국어를 쓰며 중간중간 영어를 섞어서 말하는 양준일 님의 모습이 왕자님처럼 그렇게나 멋져 보였다고 한다. 이후 베프는 용기를 내어 양준일 님이 출연하는 공개방송 등에 직접 가 응원하는 패기 있는(?) 팬이 됐다. 그 당시 갈 때마다 밥은 먹었냐며 간식 등을 꼬박꼬박 챙겨 주는 양준일 님께 보답할 수 있는 건 라디오에 엽서를 줄기차게 보내 음악을 신청하는 정성뿐이어서, '나중에 돈 많이 버는 어른 되면 맛있는 것도 사 드리고 근사한 선물도 해 드릴게요.'라는 다짐을 했다.

베프 말로는 양준일 님은 조용조용한 수다쟁이(?)셨는데, 대전 엑스포 축하 공연에서 과감한 메이크업과 착장으로 방청객

들이 환호성을 질렀다며, 방송국에 찾아온 베프를 붙들고 어린아이처럼 들뜬 얼굴로 자랑(?)을 하기도 했단다.

당시 매니저 아저씨도 잘 해주셨고, 긴 머리에 이쁘셨던 어느 스텝 언니분은 리베카 무대에 선글라스를 끼고 함께 등장하시기도 하는 친밀하고 오붓한 분위기로 기억했는데 나중에 양준일 님께서 소속사나 이런저런 문제로 힘드셨다는 이야기를 접하고 무척 놀라고 슬펐다고 한다.

베프의 기억 속 양준일 님은 자기감정에 늘 솔직했고 팬들에게 친구처럼 격의 없이 대해주면서도 기품 있는 어른의 모습이셨다고 말한다. 친하게 챙겨 주었지만 어리다고 함부로 대하는 건 전혀 없었고, 별거 아닌 이야기에도 눈을 마주치며 들어주고 색종이로 만든 어설픈 선물에도 무척 기뻐하고 소중히 여기는 분이었다고.

그렇지만 사람들은 양준일 님의 해맑고 정중한 모습을 모른 채 무대 위에서의 튀는 패션과 안무를 오해하기만 했다. 건전하고 멀쩡한 연예인도 많은데 하필 그런 날라리 같은 가수를 좋아하냐는 나무람을 주변 어른들에게서 수시로 듣고, 양준일 님을 악의적으로 평가하는 사람들 때문에 분하고 슬픈 시절이기도 했다고 한다.

아무것도 가진 게 없는 나약한 어린 꼬꼬마가 팬심만으로 버티기에는 녹록하지 않은 시대였다. 그러니 양준일 님께서 본인 노래 '가나다라마바사'에서 "양준일 아후 밥맛 떨어져."라는 가사를 스스로 썼던 심경이 이해가 간다. 이후 세월은 흘러 흘러 베프의 마음속에 양준일 님은 특별했지만 너무나 안타까운 분으로 기억되고 마치 선물 받은 건 많은데 보답은 하나도 못 한 미안함을 느끼고 있었다며 그저 그분이 낸 앨범을 열심히 듣고 묵묵히 뒤에서 응원하는 샤이 팬으로 지냈다.

하지만 그마저도 어느 날부터 무대에서 홀연히 사라져버려 그리움만으로 있었다면서.(나중에 알고 보니 소속사의 부당계약으로 타의로 활동하지 못 했다고.)
그러다 30여 년 만에 〈슈가맨〉이란 예전 가수를 찾는 프로그램에 양준일 님이 출연한다는 기사가 떴다. 마치 어린 시절 추억 속에만 존재하던 양준일 님이 현실로 나타난 것처럼 믿기 어려운 기쁨이었다.

양준일 님은 얼굴에 주름이 약간 생기셨지만, 여전히 잘생긴 왕자님이었고, 여전히 기품있는 어른이었고, 여전히 무대에서 빛나는 아티스트셨다. 슈가맨 이후 화제의 중심에 서게 되었고 그 기세를 몰아 뉴스룸이라는 프로그램까지 출연한다는 소식을 접했다. 베프는 이제 때가 되었다!라고 외쳤다. 어릴 적 다짐했던 오빠에게 내가 번 돈으로 선물을 드릴 시간이라며. 지난날 공개방송에서 다른 가수들의 엄청난 팬덤에 비해 늘 적은 인원에게(때로는 베프 혼자였다고) 응원받던(그래도 언제나 싱글벙글하셨다고), 오빠가 혹시라도 이번 출퇴근길에서

외로우실까 하는 마음에 베프는 큰 용기를 내서 JTBC 방송국에서 낮부터 그분의 퇴근길을 기다렸다.

생방송이 끝날 때까지 5시간여를 기다려 방송국 주차장에서 양준일 님을 드디어 만나게 되었다. 다행히 91년 민속촌에 갔던 팬이었다고 떨려서 작은 목소리로 겨우 말하는 베프를 다정하게 알아봐 주시고 선물도 기쁘게 받아 주시며 그때처럼 눈을 마주치며 인사해 주셨다.

몇 분에 지나지 않는 짧은 순간이지만 28년 전 젊디젊은 청춘이던 양준일 님과 그의 노래가 라디오에서 한 번이라도 더 나오게 하겠다는 일념으로 최대한 화려하게 꾸민(그래봤자 엽서 테두리를 뜨개실로 장식하거나 엽서를 여러 개 이어 양으로 승부하는 게 최선이었다고) 엽서를 우체통에 넣던 꼬꼬마였던 베프의 만남은 사뭇 아름다웠고 감동적이었다. 베프와 양준일 님 각자가 30년 가까운 시간이 흘러 처음의 모습처럼 서로를 믿고 응원하는 스타와 팬의 모습으로 완벽하게 만난 것 같아서.

그때 베프와 양준일 님이 서로 민속촌 이야기를 하며 눈을 마주치고 대화하는 장면을 찍은 사진을 나중에 보니, 내가 가져갔던 DSLR 카메라의 ISO를 한껏 높여서 찍기도 했지만, 조명이 없어도 그 공간에선 세월의 흐름을 관통하는 말로 표현하기 어려운 감동의 빛이 나는 것처럼 느껴졌다.

젊은 날의 양준일 님과 내 베프는 뜻대로 되는 일보다는 실패와 좌절이 더 많았을 것이다. 좋아하는 음악을 하고 싶은 열정뿐이었는데도 그것마저도 허용되지 않았던 양준일 님. 사랑하는 스타를 맘 놓고 좋아하고 응원하는 것조차도 쉽지 않았던 베프가 겪었던 그 시절의 편견.

하지만 이제는 완벽하게 최고의 스타의 모습으로 돌아온 양준일 님을 보며 베프는 선하고 진실하게 살면 손해 보는 것도 많은 험한 삶이지만 언젠가는 삶의 선물 같은 순간을 마주한다는 것을 믿게 되었다.

이런 이야기를 주절주절 꺼내 놓는 건 베프가 특별한 팬이라는 어쭙잖은 팬부심을 부리려는 게 아니라(오히려 베프는 그때 오빠를 제대로 응원하거나 지켜주지 못하고 받기만 했던 한없이 못난 팬이라고 말한다) 양준일 님이 척박하고 가슴 아픈 상황에서도 구차한 원망이나 부질없는 증오 없이 오로지 음악과 팬들에게만 집중하고 사랑하며 살았던 분이라는 것을, 꼬꼬마 팬 시절 맘껏 하지 못했던 자랑을 이제서야 하고 싶어서인 거 같다.

베프의 기억 속 양준일 오빠는 자유를 꿈꾸는 순수한 아티스트 그 자체였다고. 베프는 30년 전 꼬꼬마 때로 돌아가 20대의 오빠를 만난 것처럼 지금 그분이 왕성한 활동을 하는 모습이 그저 감격이라고.

아울러 베프는 오빠는 그때나 지금이나 똑같다고. 그때도 헤어질 때 다음 스케줄을 말하며 그때 보자고 했었는데 이번에도 여지없이 팬 미팅 때 보자는 말씀을 하셨다고.

몇 시간을 추위에 떨면서 기다려 퇴근길 응원과 선물을 드린 후 감기에 옴팍 걸려버린 베프는 아마 앞으로는 30년동안 하지 못 했던 오빠에 대한 열렬한 사랑을 동네방네 자랑하는 팬으로 돌아갈 것 같다.

별에서 온
쿠폰

내가 자주 가는 카페의 무료 쿠폰에 관한 이야기다.

모 카페에 이런저런 연유로 자주 가다 보니,

그곳에서 음료를 마실 때마다 적립해주는 별에

어느새 집착(?)하게 되었다.

별 12개가 쌓이면 무료 음료 쿠폰을 하나 얻는데,

그곳의 마케팅은 실로 놀라워서

별을 추가로 얻는 다양한 프로모션을 수시로 실행한다.

그러다 보니, 음료를 선택할 때

마시고 싶은 것보다는 별을 추가로 주는

시즌 음료를 주문하는 내가 되어간다.

혹자는 별의 노예가 되었다고 하지만,
12개 별을 얻어 톨 사이즈 음료를 자유롭게 마시는 쿠폰으로
그곳에서 가장 비싼 음료를 엑스트라 옵션까지 야무지게
채워서 마실 때는 나 스스로가 얼마나 뿌듯한지 모른다.

그런데, 그런 내 마음도 모른 채
무료 쿠폰으로 그 카페에서 가장 저렴한 편에 속하는
오늘의 커피를 쿨하게(하지만 내 눈엔 생각 없이)
주문해서 마시는 남편을 볼 때면 가슴이 철렁한다.
쿠폰을 그렇게 허무하게 날리다니….
'추가로 주는 별을 얻어 보겠다고
새로 출시되어 맛이 검증되지 않은
시즌 음료를 애를 쓰며 마신 게 아니건만….'
하면서 말이다.

나는 무료 쿠폰이라면 최대한 비싼 음료를 먹어야
직성이 풀리는 사람인데, 남편은 가격을 떠나서
본인이 가장 좋아하는 음료를 마시는 것이
행복한 사람인 것 같다.
어찌 보면 가격이나 조건 따위 흔들리지 않고
일관되게 자신의 취향대로 삶의 리듬을 유지하는
남편의 천성이 부럽기도 하다.
하지만 난 포기하지 않고 자고로 무료 쿠폰은

그곳에서 제일 비싼 프라푸치노 음료에
통신사 혜택으로 무료 업그레이드를 받아
해당 카페 선불 카드로 추가 결제를 해서
무료 엑스트라로 통 자바 칩을 더하면
그게 완전체라고 메모장에까지 써 가며
남편에게 일장 연설을 한다.
그 순간만큼은 대기업 중요 프로젝트를
진두지휘하는 팀장이 된 것처럼.

그럼에도 남편은 여전히 무료 쿠폰이 생기면
"오늘의 커피 한잔 부탁드립니다."라는
심플한 문장으로 주문을 마치려고 한다.
그렇게 무료 쿠폰이 사라지는 현장을
너무나 아까워하며 옆에서 안절부절못하는
내가 애달파 보였는지(?) 이제는 쿠폰 사용을 내게 양보해 준다.
그럼 나는 신이 나서 줄줄 외운 것 같은 주문을 거침없이 한다.

프라푸치노 톨 사이즈 무료 쿠폰 사용하는데 통신사로 사이즈
업그레이드하고 여기 카드로 추가 결제해서 샷 추가와 통 자바
칩 토핑을 얹어달라고 말이다.(아 속 시원해!)

아울러 텀블러 사용으로
에코별을 추가로 적립해달라고 마무리하면

오늘도 성공적으로 무료 쿠폰 사용 역사의
한 획을 긋는 것으로 생각하면서.
그런 내 모습을 남편은
사뭇 경이로운(?) 눈빛으로 바라본다.
영어 단어 하나 외우기 귀찮아하고,
가끔은 현관문 비밀번호도 내가 바꿔놓고
잊어버리는 사람인데 무료 쿠폰 주문을 하는 데는
막힘없이 일사천리로 줄줄 외우니까.

그렇게 나는 무료 쿠폰으로
어마어마해 보이는 휘핑크림이 얹어진 프라푸치노와
남편은 유료로 결제한 아메리카노를 받아
카페 자리에 앉았다.
그날은 무척 추운 날이었다.
김이 모락모락 나는 커피를 천천히 음미하는
남편의 모습이 보기만 해도 여유롭고 따뜻해 보였다.
남편에게 '나 커피 한 모금만⋯' 하고 말하고 싶지만,
애써 "역시 무료 쿠폰으로는 제일 비싼 게 짱이지."
하며 호기로운 척했다.
아무리 날씨가 영하이고
매서운 추위가 한껏 기세등등하더라도,
나는 무료 쿠폰으로 얻을 수 있는
최상의 가치를 득템했다 자부했다.

눈보라 휘몰아치는 소비 전쟁터에서
앞으로 꿋꿋하게 전진해 무료 쿠폰을 내밀고
여기에서 가장 비싼 음료인 프라푸치노를 성공적으로 샀으니
난 무료 쿠폰 계의 영웅이라는 긍지를 가지면서.
남편이 마시고 있는 따스한 아메리카노에
자꾸만 눈이 가는 것은 마시고 싶어서가 아니라
머그잔이 이뻐서 보는 거라 말하면서.

이건 마치 고급스러운 아이스크림을 손에 쥔 내가
길에서 산 뜨뜻한 붕어빵을 손에 쥔 남편을
부러워하는 모습 같았다.
얼음이 갈린 음료를 넘길 때마다
목구멍과 이가 시린 것을 애써 견디며,
무료 쿠폰으로 제일 비싼 걸 택한
슬기롭고 알뜰한 소비 결과를 온몸으로 보여주겠다는 듯
남편 앞에서 프라푸치노를 다른 어느 때보다
큰 동작으로 호탕하게 저었다.
그런 나의 열성적인 액션엔 눈길 한번 주지 않고
그날따라 남편은 그저 뜨거운 커피만
유난히도 따뜻하게 마셨다.

따뜻한 붕어빵, 아니 따뜻한 아메리카노를
음미하던 남편이 묻는다.

왜 젓기만 하고 안 마시고 있어?

추워서 못 마시는 거 절대 아냐. 아껴 먹으려고 하는 거야 아껴서 먹으려고. 거참…. 무료 쿠폰으로 젤 비싼 음료 마시면 그건 무조건 남는 장사인데 그것도 모르면서 말이야…. 아이참… 안타까워라….

구구절절 변명(?)처럼 보이는 나의 말에,
남편은 빙긋 웃음을 지으며 이거 마셔 하고
따뜻한 붕어빵, 아니 따뜻한 아메리카노를 건네준다.
최대한 무심한 듯 시크하게
딱 한 모금만 마시고 다시 남편에게 주었다.
무료 쿠폰 계의 자칭 영웅으로서
일말의 자존감은 지키고 싶었기 때문이다.

이상이 내가 자주 가는 카페의 무료 쿠폰에 관한 이야기다.
무료 쿠폰을 헛되이 쓰지 않겠다는
비장한 마음으로 전투(?) 중인 나를 비롯한
나를 닮은 무료 쿠폰 계의 동지들은
고개를 주저 없이 끄덕일 이야기일 것이다.

계산대 앞에서 무료 쿠폰을 내밀며
프라푸치노에 엑스트라 옵션을 막힘없이 주문하는 그대들.
혹은 시즌 음료가 선뜻 내키지 않는다 해도

추가 별 획득을 위해서 새로운 시음을 멈추지 않는 당신들.
다른 사람들은 몰라도 나는 그대들 마음 다 압니다.
그것이 우리한테 있어서는 작지만 확실한
별처럼 빛나는 행복이자 뿌듯함이라는 것을.
대신 영하의 날씨에 무료 쿠폰 최상치를 위해
얼음이 잔뜩 들어간 프라푸치노 주문은 조심해요.
감기 걸리면 안 되잖아요.
여하튼 다들 파이팅입니다.
세상은 우리를 별의 노예라 부를지언정
나와 그대는 별을 얻기 위한 지혜인 것을 아니까요.

• Tip
글 속에 등장하는 별의 노예, 아니 별의 지혜를 지닌 분들은
다 아실 법한 그 카페는 회원으로 가입한 후 음료 한 잔을 먹
을 때마다 통상적으로 방문 별을 하나 제공한다.

총 12개가 모이면 한 달 유효기간의 무료 쿠폰이 (골드등
급 회원에게) 제공되며, 병 음료와 과일이 들어간 특수 음료
를 제외한 톨 사이즈 제조 음료를 살 수 있다. 가장 저렴한 오
늘의 커피 톨 사이즈(3,800원)부터 제주 유기농 말차로 만
든 크림 프라푸치노 톨 사이즈(6,300원) 중 아무거나 택할
수 있기에 가성비를 생각한다면 프라푸치노 메뉴 공략을 권
한다.

텀블러를 가져가면 에코별을 추가로 하나 더 받을 수 있고, 통신사로 사이즈 업그레이드도 가능하다. 내 경우엔 무료 쿠폰으로 프라푸치노 톨 사이즈를 통신사 혜택을 받아 그란데 사이즈로 무료 업그레이드를 받는다.

거기에 사이즈를 벤티 사이즈로 올리고 퍼스널 옵션으로 자바칩을 추가해 토탈 1,200원을 해당 카페 선불카드로 전액 결제한다(이렇게 하는 까닭은 유료 결제 최소 금액인 1,000원 이상 결제해야 별을 얻기 때문이다). 아울러 선불카드로 전액 결제하면 무료 옵션(Free Extra) 주문이 가능하므로 샷 추가를 한다.

화룡점정으로 텀블러를 사용하면 에코별이 추가되어 무료 쿠폰에 1,200원만 더하면 별 두 개 획득에 샷과 통 자바 칩이 추가된 벤티 사이즈의 프라푸치노를 얻을 수 있다.

엥? 대체 무슨 말인지 당최 모르겠다고요?
진짜 쉽게 설명한 건데….

무료 쿠폰 한번 제대로 쓰기가
이리 쉽지 않다는 걸 이제는 아시겠죠?
그래서 제가 말했잖아요.
별의 노예가 아니라 별의 지혜라고요…….

어그로가 없어
슬픈 유튜버

유튜브 채널을 개설했다.
뭐든 새로운 걸 시작하는데 큰 용기가 필요한
소심한 사람이라 유튜브도 생각만 했지,
실행으로 옮기기까지 적지 않은 시간이 걸렸다.
그렇다고 뭔가 준비를 한 것도 아니다.
내가 과연 할 수 있을까 하고 내적 갈팡질팡만 했을 뿐.

어쨌거나 겨우겨우 시작은 했지만,
이거 영 조회 수나 구독자 증가나 시청 지속 시간 등
반응은 미적지근하다.

콘텐츠의 빈약함, 스토리의 지루함 등
여러 가지 총체적인 문제점이 있겠지만,
주변에서 유튜브로 탄탄한 자리매김을 한 분들의 조언으로는
유튜브는 일명 '어그로'라 불리는 관심법이 중요한데
내 영상은 제목에서 전혀 그런 매력이 없다는 거였다.

제목은 '콩나물 냄비밥', '오늘의 우리집'으로
읽기만 해도 하품 나오는
어그로 0%에 노잼 100%의 기운이 느껴진다는 것.
주로 다루는 주제가 미니멀 라이프나 일상이라
나는 그냥 집에서 미니멀 라이프로 지내는
평범함을 영상으로 담아내고 싶었는데
그러다가는 갈 길이 멀 거라는
따끔한 현실 조언을 해 주셨다.

그렇다면 흔히 말하는 어그로가 충만한
미니멀 라이프 영상 제목은 무엇일까
가상으로 떠올려 봤다.

명품 천만 원어치 비웠어요
냉장고 비우기, 냉동실에 20년된 유물 떡 발견
남편이 모아둔 피규어 몰래 중고거래로 비우려다 걸렸어요
실수로 에르** 스카프 버렸어요

수저 2세트밖에 없는 집에 친척분들의 급방문, 대환장파티
미니멀 라이프 때려치우고 맥시멈 라이프로 돌아가다

내가 상상으로 만들어 낸 제목이지만
'오늘의 우리집'이란 내 유튜브 영상보다는
훨씬 재미있고 클릭하고 싶어진다.
하지만 애석하게도 나란 인간의 라이프란 너무나 평이할 뿐
어그로를 꾸며 내려야 낼 수 없는 노잼의 연속이다.

기껏해야 집에서 환기하고 밥 해 먹는 게 전부.
천만 원어치 비울 명품이 있을 리 만무.
우리는 흔하디흔한 보통의 부부.
집에 급방문하는 친척분들은커녕 집에 오시는 손님 수는
동네에 사는 지인 몇 명이 전부인
요즘 신조어인 '아싸'의 대표주자.
이리저리 일상을 들여다보고 탈탈 털어 봤자
뭐 하나 특출날 게 없는
오늘이 어제 같고 내일도 오늘 같은 보통의 나날들.

전문 유튜버의 애정이 어린 조언대로
나는 현실적으로는 어그로 빈약한 유튜브이기에
혹여 갈 길 멀다 해도
그저 꾸준히 실하게 기록하는 게

유일하면서 최선의 답이라 느꼈다.

조회 수나 구독자 수나 시청 지속시간이 미지근하다 해도
나만의 일상을 영상으로 차곡차곡 쌓아가기를
스스로 바란다.

새 구독자 알람이 뜨면 발을 동동 구르며 기뻐하고,
시청 지속시간이 0.1%라도 오르면 신이 나서
광대가 승천할 내적 어그로 세포만큼은
어느 유튜버보다 충만하다 자부하면서.
내 일상에서 사람들을 한눈에 사로잡을
엄청난 어그로가 혹시 티끌만큼이라도 없는지
두리번거리는 못난 미련을 비우지 못하면서 말이다.

어그로는 없지만 맘 편히 보실 수 있는
무해한 영상이 가득한 밀리카 채널 구경 오세요!
유튜브에서 '밀리카'라고 검색하세요.
구독과 좋아요 부탁드려요! 알림도 클릭 클릭!
-홍보만큼은 놓칠 수 없는 초보 유튜버 드림-

4부

주변엔 사랑이 가득해

결혼은
현실이다

남편이 나를 사랑한다는 것을 느낄 때는
극적이고 드라마틱한 것 때문이 아니다.
아주 미세하고 생활적인 것으로 인해서다.
예를 들어
내가 샤워하러 들어가면 설거지를 멈추고,
내가 설거지를 시작하면 마칠 때까지
샤워를 미루는 남편의 모습에서다.
우리집 수압을 고려해
자신에게 할당된 물을 먼저
아낌없이 내게 쏟아주는 것에서 사랑을 느낀다.

좀 오버해서 말하면,
이 남자는 사막에서 갈증으로 함께 힘들 때
생수를 나에게 먼저 건네줄 사람일 거 같은 확신이 든다.

나는 어쩌면
사랑은 극적이고 드라마틱해야 한다고 학습된
아니 상상한 사람인지도 모른다.
내가 샤워하러 들어가면
분위기 좋은 와인을 세팅해 놓는다든가
내가 설거지를 시작하면 뒤에서
살포시 허그해 주며 사랑한다는 말을
귓속에 속삭여주는 로맨스처럼.

우리 사랑이 마냥 밋밋하다고 말하는 게 아니다.
아직도 나는 남편에게 첫눈에 반했던 격정적인 감정과
결혼을 결심했을 때의 한없이 들뜬 설렘을
소중히 간직하고 있으니까.
그런 낭만과 더불어
살아갈수록 내게 깊은 신뢰를 갖게 해주는 사랑은
매일의 평범한 생활 속에 존재한다는 걸 느낀다.

침대에서의 짜릿한 섹스를 통한 황홀한 사랑보다는
내가 침대에 눕기 전

온수 매트를 미리 틀어놓아 따뜻하게 만들어 놓는 손길.
무료한 일상을 단박에 뒤흔들어놓을
서프라이즈 이벤트보다는
카레를 먹은 접시는
개수대에 포개어 놓지 않는 일상 속 작은 배려.

결혼에 대한 흔한 조언으로 "결혼은 현실이다."라는 말이 있다.
나는 그 말에 고개를 끄덕인다.
그 말이 꼭 결혼은 낭만이 전혀 없는 냉혹한 현실이라는
뜻이라고 생각하지는 않는다.
내가 결혼은 현실이라 느끼는 까닭은
우리 사랑을 표현해 주는 단어에 있다.

세상에는 꽃, 와인, 허그, 속삭임, 고백, 이벤트……
사랑을 연상시키는 수많은 단어가 존재한다.
그런데 우리가 결혼하며 쌓아온
사랑을 상징하는 단어들을 살펴보면
설거지, 수압, 샤워, 수세미, 분리수거, 온수 매트, 화장실 정돈,
다림질, 종합 비타민 영양제… 같은
생활 속 낱말들이 더 많다.

나는 결혼은 현실이라는 말에 동의하며
사랑은 현실이라고 되뇐다.

내가 샤워하러 들어가면 설거지를 멈추고,
내가 설거지를 시작하면 마칠 때까지 샤워를 미루는
남편의 모습에서 사랑을 느끼고 배우니까.
함께 분리수거를 일사천리로 할 때
우리가 참 마음 잘 맞는 사람들이라 느끼면서.
나의 블라우스를 미리 다림질해 주었을 때
사랑이란 이토록 고마운 거라고 감동하며.
서로에게 잊지 않고
종합 비타민 영양제를 챙기는 현실에서
나는 사랑을 발견한다.

결혼이든 사랑이든
내게는 환상보다는 모두 현실에 가까운 존재 같다.
평범하기 짝이 없는 나와 그가 함께 하는 현실에서
매 순간 마주하는 일상이 로맨스라고.

슬픔을 희석하는
각자의 방식

기쁨은 나누면 배가 되고,
슬픔은 나누면 반이 된다는 말이 있다.
어린 시절 착하게 행동하면
크리스마스에 산타 할아버지께서 선물을 준다는 말을
철석같이 믿었던 것처럼,
기쁨은 나누면 곱셈이 되고
슬픔은 나누기가 된다는 공식도 당연하다 여겼다.

작은 기쁨이라도 조잘조잘 떠들면
커다란 동작의 리액션으로 환호해주는 엄마 아빠가 계셨고,

사소한 슬픔이라도
망설임 없이 함께 울어주는 친구도 있었으니까 말이다.

그런데 나이가 들어갈수록 기쁨과 슬픔은
기초반에서 심화반으로 넘어가면
복잡해지는 교과서 내용처럼
한마디로 정의 내리기 어려운 기준이 되고,
기쁨은 나누면 배가 되고,
슬픔은 나누면 반이 된다는 공식에도
고개를 젓게 되는 일이 늘어난다.

우리 부부는 결혼 후
전체적인 건강 검진을 위해 병원 진료를 보았고,
그 중 임신을 위한 검사를 받은 결과
시험관 시술을 권유받게 되었다.
둘 다 아이를 원했기에
조금이라도 몸이 젊을 때 시도하면 좋겠다는
의사 선생님의 조언 아래 시험관 시술을 시작했다.
시험관 시술이 결정되고 양가 부모님과
아주 가까운 지인들에게 무거운 마음을 털어놓았다.
나와 남편 못지않게 아이를 간절히 원하는 부모님께선
진심 어린 격려를 해 주셨고,
지인들도 힘이 되는 응원을 보내주었다.

자연임신이 쉽지 않다는
극복하기 힘든 현실에서 오는 슬픔과
시험관을 준비하며 갖게 되는 두려움은
주변인들이 건네는 용기에
슬픔은 나누면 반이 된다는 말처럼
조금은 줄어드는 기분이 들었다.

그런데 안타깝게도 우리의 시험관 시술은
속절없이 흘러가는 야속한 세월처럼
시도 횟수만 늘어났다.
비임신이라는 결과를 병원에서 전달받을 때마다
과배란 주사를 너무 많이 받아
시퍼렇게 멍이 든 내 복부처럼
마음에도 멍이 퍼져나가는 것 같아 아렸다.

남편과 나는 아이를 간절히 원했지만,
다행히도 아이가 있어야만 완전한 가정이라고
생각지는 않는 사람들이다.
아이가 없어서 불행하다는 것이 아니라
아이가 없어도 무탈하게 행복하고,
아이가 축복처럼 생긴다면
또 다른 행복일 거라 생각했다.
중요한 건 우리 두 사람이

서로 사랑하고 아끼며 사는 거니까.

더 소중한 건

나 자신을 사랑하고 아끼며 사는 거라는 것에

서로의 마음은 데칼코마니처럼 일치했다.

그 결과 시험관 시술은

응시하는 족족 떨어지는 낙방생의 성적표처럼

비임신이라는 빨간 줄만 가득 채워지게 되었지만,

우리는 거기에 크게 휘둘리지 않고

세상 둘도 없는 낙천쟁이들처럼

웃는 날로 채워지는 나날이 늘어났다.

남편과 나 우리 둘 사이에선 분명

슬픔은 나누면 반이 된다는 공식이 부합되었다.

시험관 시술이 늘어갈수록

자의든 타의든 우리의 사정을 아는 주변인들이 많아졌다.

그와 동시에 슬픔은 나누면 반이 된다는 공식이

의도치 않게 흘러가기 시작했다.

시험관 시술 때마다 입원으로

교회에 부득이하게 빠지는 날이 많아지자

다니고 있는 교회 목사님께만

사정을 말씀드리게 되었다.

목사님께서 우리를 위해 기도해 주시겠다고 했을 때

그저 감사하다는 인사를 드렸다. 그건 진심이었다.
혹시 도와줄 게 없냐고 했을 때도
기도해 주시는 것만으로도 충분하다고 말씀드렸다.
그것 또한 진심이었다.
목사님께서 우리를 위해 기도해 주시는
선한 마음이 분명 진심이라는 것도
그때도 지금도 의심치 않는다.

하지만 때로는 진심과 진심이 만난다고
좋은 시너지만 나오는 건 아닌 법이다.
시험관 시술이 다시 시작되던 어느 날
나는 주일 예배를 드리러 갔고,
별생각 없이 집어 든 주보의 교회 소식란을 보고
내 눈을 의심했다.
거기엔 우리 교회 ○○형제와 ○○자매 부부가
아이를 위해 시험관 시술을 하니,
교인들의 중보기도를 부탁한다는 내용이
선명하게 적혀 있었기 때문이다.

마음 같아서는 주보를 이미 가져간 분들의 손에서 낚아채고,
테이블에 쌓여 있는 주보도 몽땅 내 가방에 쓸어 담고 싶었다.
하지만 이미 교인분들의 손엔 주보가 다 들려 있었고,
이미 거리에 뿌려진 호외 신문처럼,

헬리콥터에서 지상으로 뿌려진 전단처럼,
되돌리기란 불가능했다.
늘 예배 시간에 맞춰
아슬아슬하게 도착하는 나란 녀석의 게으른 시간관념이
그때만큼 한탄스러울 수가 없었다.
예배는 시작되었고 맨 마지막 순서인
교회 소식에 가까워질수록 내 심장은 쿵쾅거렸다.

지난번 목사님께서 특별히 부탁할 게 있냐는 질문에
기도해 주시는 것만으로 충분하다고 대답한 게
나의 실수였음을 통감했다.
그때 분명히 덧붙여서 부탁드렸어야 했다.
아니 분명히 추가해서 말씀드렸어야 했다.
나의 지극히 개인적인 가정사를
주보에 인쇄하지 말아 주세요.
나의 지극히 개인적인 이야기를
교회 소식지로 알리지 말아 주세요.
나의 지극히 개인적인 자궁 상태를
온 교인들이 알게끔 하지 말아 주세요.
나의 지극히 개인적인 슬픔을
제발 나누지 말아 주세요.라고 말이다.
아니 더 정확하게 말하면
슬픔이라고 제발 단정 지어주지 말아 달라고 말이다.

하지만 시간은 돌이킬 수 없고 교회 소식지에 실린
우리의 시험관 중보기도는
마이크를 통해 교회 전체에 울려 퍼졌고,
그 시간 이후로 나는 이름 석 자 대신
'시험관'이라는 석 자가 더 부각되는 존재가 된 듯했다.

연세가 지긋하신 권사님께서 우리에게 아이가
꼭 생기기를 새벽 예배마다 기도하신다 하셨고,
얼마 전 쌍둥이를 출산하신 집사님께선
우리에게 아이가 생긴다는 건
상상도 못 할 축복이라며 힘내라는 말씀을 건네 주셨다.
내가 감기 기운이라도 걸리면
혹시 좋은 소식이냐며 반색을 하셨고,
내가 교회에 결석하면
이번에도 시험관일 것이라고 추측하셨다.

다 안다.
교회주보에 우리를 위한 기도 제목을 부탁한다는
목사님의 애틋한 진심을.
우리를 위해 새벽 예배 때 기도 하신다는
권사님의 위로 담긴 진심을.
우리를 위해 갓 출산한 쌍둥이 아가들의
사진을 보여 주시며 용기 주시는 집사님의 진심을.

그렇지만 내가 바라지 않은 슬픔 나눔의 현장이기도 했다.
내가 속이 좁은 건지 모르겠지만
갈수록 내 슬픔을 나누고 싶어 하는,
나누어야 하는 게 맞다는 타인의 친절을 모르고 싶어졌다.

왜냐하면 우리는 최대한 낙천적이고 담백한 마음으로
시험관에 임하려 노력하는데, 어느 순간 타인의 기준에 의해
세상 둘도 없는 슬픔이 되었고,
우리는 아이를 갖지 못해 시험관을 하는,
시험관을 하지만 계속 실패하는
삶의 비극적인 서사를 간직한 인물로
각인되는 불편함이 느껴졌기 때문이다.

슬픔은 나누면 반이 된다는데
어째 자꾸만 슬픔을 나눌수록 배가 되는 것 같았기에.

더 힘들어지는 건 시험관을 할 때마다
그 결과를 모두와 공유해야 한다는 거였다.
임신 혹은 비임신으로 분명하게 나누어지는 결과이기에
시험관 결과에서 비임신이 나오면
내 감정을 다독일 새도 없이
슬픔이라면 나누고 싶어 하는 분들의 질문에
답부터 해야 하는 게 힘이 들었다.

겨우 추스른 내 감정은

되풀이되는 슬픔의 향연에서

다시 올라오며 당췌 다독여지지 않았기에.

혼자만 알고 있을 땐 작은 호수의 파장 같았다면

많은 이들이 아는 순간 내 슬픔은

광활한 바다의 감당 못 할 크기의 파도가 된 것 같았다.

지나가는 귀여운 아이들을 바라보기만 해도,

어느새 임신을 못 해 부러운 마음에

다른 집 아이들을 바라보는 사람처럼

나를 측은하게 여기셨고,

커피라도 마시면 임신에는 안 좋을 텐데 하며 걱정하셨다.

나는 그저 아이가 귀여워서 싱긋 웃었을 뿐이고,

카페인이 적당히 필요한 사람이라

그윽하게 커피 한잔을 즐겼을 뿐인데 말이다.

어느 순간 내 삶의 모든 일거수일투족에는

시험관에 실패만 거듭하는

커다란 슬픔을 짊어진 사람이라는 애잔함이 깔리고 있었다.

그런 일련의 일을 겪으니 어느 순간 나는

슬픔이라는 범주에 해당될 만한 개인사는

신중하고 조심스럽게 나누어야겠다는 인식이 생겼다.

인생 어차피 혼자이니

위로나 격려 따위 필요 없다는 식이 아니다.
얼굴도 모르는 누군가의 위로 한마디에도
슬픔이 희석되는 기적을 나는 믿는다.
그렇지만 때로는 내 슬픔을 다 드러내 보이는 것에는
예상치 못한 오류도 생긴다는 것을
알게 되었다는 것이다.

이제는 시험관을 해도 나와 남편은
가능하다면 둘만의 스토리로 진행하는 경우가 많다.
비밀로 하겠다는 게 아니라
어떤 슬픔의 경우엔 그렇게 하는 편이
우리와 모두에게 유익하다는 결론이 내려졌기 때문이다.
때로는 나누고 싶어 하는 순진한 믿음 탓에
슬픔의 파장은 예상치 못하게 더 커지고
요란스러워지기 쉽다는 것을 알았기에.

되돌아보면 나도 누군가의 슬픔을
나누면 반이 된다는 믿음 아래
당사자의 허락을 구하지도 않고
측근들에게 말한 적이 적지 않을 사람이다.
그게 당사자로서는 무척 당황스러운 노출이었을 것을
내가 겪어 보니 조금은 알 것 같아
뒤늦게라도 용서를 구해본다.

내게만 쉽지 않은 심정으로 말했을 누군가의 슬픔을
단체 카톡방에
"누구누구가 이렇게 슬프대요.
그러니 우리 모두 함께 위로해 줍시다."라고
당사자가 절대 원치 않을 슬픔 홍보를
해 준 적이 있었을 나였기에.

슬픔은 분명 나누면 반이 될 수 있다.
하지만 그것의 시작은
무조건 당사자 마음의 뜻이 있어야 한다는 것을
이제는 생각해 본다.
당사자가 원치 않을 슬픔의 대외적인 노출은
차분하고 조용하게 슬픔을 나누려 하는 의도를 깨고
분주하고 시끄럽게 슬픔을 더 키우는
어긋난 방식이 될 수도 있다는 것을.

우리 부부는 또 시험관을 준비할 것이다.
혹은 언젠가는 멈출지도 모른다.
하지만 중요한 건 시험관을 하든 안 하든
거기엔 슬픔을 희석하는
우리만의 건강한 방식이 함께 할 거라는 거다.
어떤 슬픔은 나누면 나눌수록 반이 되어 사라진다면,
어떤 슬픔은 나와 타인을 확실히 나눔으로

소멸되기도 한다는 것을 아니까.

적지 않은 일련의 당황스러움이 있었지만,
지금도 우리의 슬픔이 사라지도록
마음을 더해주는 분들의 진심에는 그저 감사하고 또 감사하다.
자기 일처럼 안타까워해 주시고 마음을 나누어 주시는 것은
부인할 수 없는 진심임을 알기에.

다만 이제는 시험관에 대한 질문을 받으면
늘 마음 써주셔서 감사합니다.
좋은 소식 있으면 말씀드릴게요.
라고 고개 숙여 인사드릴 뿐이다.

그저 나는
어느 부류의 슬픔은
마음의 작은 호수처럼 간직하는 게 평온하기에.
슬픔이든 기쁨이든 내 삶의 잔잔한 테두리 안에서
너무 요란스럽지 않게 존재하길 원하니까.

앞으로 살다 보면
어떤 슬픔은 댐 문을 열 듯
모두에게 방출하는 게 도움이 되는 경우도 생길 것이다.

슬픔도 사람마다 종류별로 상황별로
거기에 맞는 방정식이 있다고 생각한다.
고로 나는 슬픔을 나누면 반이 된다는 말을
반은 믿고 반은 믿지 않는다.

딱 하나 확실하게 믿는 건 있다.
내 슬픔은 내가 컨트롤하는 것이 편한 것처럼,
타인의 슬픔도 타인이 컨트롤하는
그만의 방식을 존중해야 한다는 것을.
내게 털어 놓는다면 진심으로 위로하고,
내게 털어 놓지 않는다고 해도
나와 슬픔을 나누지 않으려 한다고 섭섭하게 느낄 것이 아니라
그저 묵묵히 위로하고 응원하기를.

언젠가 아기 천사가 찾아올지도,
혹은 끝내 못 만날지도 모른다 생각한다.
어떤 결과를 마주하든
슬픔은 나누면 반이 된다는
내 마음의 준비가 충분히 되었을 때는
자청해서 주변 분들에게 슬픔을 나누어 달라
부탁드릴지도 모른다.

그때에는 부모님과 그동안 기도해 주신 목사님을 비롯해

모든 분께 정중한 마음을 담은 편지를 써서 드리고 싶다.
덕분에 저희의 슬픔은 반이 되었다고 말이다.

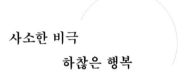

사소한 비극
하찮은 행복

인생은 사소한 것에서 비극이 시작되고,
하찮은 것을 귀히 여길 때 뜻하지 않은 행운을 만난다.

사소한 것이라 해도 함부로 대하지 말고,
하찮은 행복에 대한 감사를 잊지 말자.

어머님과
우리집 칼 한 자루

내가 닮고픈 미니멀 라이프는
자신의 삶에 집중하는 것입니다.
더불어 미니멀 라이프란
타인의 삶에 쓸데없는 참견을 하지 않는 거라는 걸
동전의 양면처럼 느낍니다.

그런 의미로 얼마 전 우리집에 머물다 가신
어머님과 작은 에피소드가
마음에 진한 울림이 되어 기록해 봅니다.

집에 친척분들이 오시기로 했을 때
교자상과 그릇은 사전에 유료 대여를 했기에
문제가 없었습니다(손님이 오셔서 상이나 그릇이 부족할 땐
유료 대여 서비스의 도움을 받고 있답니다).
살림 초절정 고수님 어머님께선
능수능란하게 식자재를 다루셨습니다.
메인 음식인 수육이 다 삶아져
어머님께서 자르시는 동안,
몸은 둔하고 눈만 멀뚱멀뚱하게 뜬 채
입만 분주한 나는 목소리만 당당하게
"그동안 제가 계란말이 썰게요!"라고 했습니다.

그런데… 계란말이를 썰려고 하는데…
뭔가 당황스럽습니다.
왜냐하면 우리집엔 칼이… 하나… 이고…
지금 그 칼로 어머님께서 수육을 썰고 계시니까요….
가위로 계란말이를 잘라볼까, 아니면 수저로 잘라볼까…
애꿎은 계란말이만 눈싸움하듯이 쳐다봅니다.
그렇게 마치 한 시간 같던 일 분이 흘러갔습니다.

주방 조리대에서 수육을 써시던 어머님께서
뭔가 이상한 기운을 느꼈는지 뒤돌아보십니다.
계란말이만 노려보고(?) 있는 나를 보시더니

"금방 썰고 칼 바로 줄게. 새아기 조금만 기다려-."
하셨답니다.
그 순간 머릿속으로만 막연하게 있던
타인의 삶을 존중하는 미니멀 라이프가 무엇인지
명료하게 확인한 기분이었습니다.

만약 내가 어머님 입장이었다면
필시 조언을 가장한 참견을 했을 테죠.
"그러게, 칼 하나는 너무 부족하지 않니? 미니멀 라이프도
좋다만 사람이 필요한 건 어느 정도 갖추고 살아야지."
했거나
"네가 아직 살림을 많이 안 해봐서 몰랐던 거 같은데,
칼은 최소한 과도, 육류, 생선, 채소 이렇게 서너 개는 가지고
살아야 한단다."
라고 줄줄 말했을 나란 사람의 모습이
저절로 상상되었기 때문입니다.

그런데 어머님께선 칼이 하나냐고 묻지도 않고,
오히려 본인이 미처 몰라서 미안해 하시며
"금방 썰고 칼 바로 줄게. 새아기 조금만 기다려-."
하시는 모습을 보여 주셨답니다.
칼이 참 잘 든다는 칭찬까지 해주시면서요.

도마 하나.

칼 하나.

우리 부부야 이렇게 하고 사는 게 좋고 편하다지만,

어쩌면 어머님 눈엔 아이들 소꿉놀이보다

더 어설퍼 보일지도 모를 살림살이겠죠.

저보다 하늘에 떠 있는 별만큼 아시는 게 더 많기에,

가르쳐 주고 싶은 게 많으실지도요.

칼 한 자루로 어머님과 내가 줄 서서

번갈아 쓰는 과정이 답답하실 만도 합니다.

그런데 금방 쓰고 주겠다는 다정한 말만 건네시는 것에는

당신이 사랑 넘치시는 온화함을 지니신 것도 있겠지만,

아무리 부모 자식 사이라 해도

타인으로 분리해 독자적인 삶으로

존중해 주시는 마음이 담긴 것이라 여겨집니다.

그런 어머님의 모습에서

제가 닮고픈 미니멀 라이프를 발견한 기분입니다.

나와 전혀 상관도 없는 유명인의 가십에

지나친 관심을 가지고, 지적하며,

혹은 너무 친하다는 이유로 가까운 지인들의 삶에

애정이랍시고 조언이라며 침범을 일삼는
자신의 교만과 못남이야말로
미니멀이 필요하다 느낍니다.

그런 다짐이 무색하게
나는 앞으로도 종종 제 삶보다는
타인의 삶을 들여다보고 구경하고
한마디라도 얹으려 할 겁니다.

부디 그때마다 우리집 칼이 한 자루뿐이라는 것이
순간 민망하고 당황스러웠던 내게
"금방 썰고 칼 바로 줄게. 새아기 조금만 기다려-."
마냥 다정하게 말씀해 주셨던 어머님을 기억하기를
나 자신에게 부탁해 봅니다.

내 영혼의
닭고기 스프,
아니, 요거트

나는 새로운 여행지나 장소에 가면

맨 처음 하는 행동 중 하나가

마트에 가서 그 나라의 요거트를 사 먹는 일이다.

어느 나라를 가든 대형마트에 가서

유제품 코너부터 찾아

가장 괜찮아 보이는 요거트와 운명적으로 만난다.

누군가는 면세품 코너에서, 기념품 가게에서,

자신만의 여행 의식을 시작할 때

나는 요거트 코너에서 시작하는 셈이다.

내가 왜 요거트를 여행의 시작점으로 생각하게 되었는지
누군가 시간이 되어 들어준다면,
어린 시절 치과에 데려갈 때마다
엄마가 사 주신 딸기맛 요거트 이야기를 하고 싶다.

치과는 어린아이라면
누구나 눈물부터 쏟는 두려움의 공간.
나 또한 예외는 아니어서 치과에 갈 때면
집에서부터 엄마와의 심리전이 시작되었다.
어르고 달래는 것에는 간식을 주는 게 최고였던
그때부터 '돼지런'했던 나.
치과 치료 마치면 돈가스를 사 줄게,
빵을 실컷 고르자며 딜을 해도 소용이 없었다.
그때의 나는 치과 치료를 하러 가는 것 자체가
공포였으니까.

하는 수 없이 엄마는
치과 가는 길에 뭘 사주는 것으로 타협하고,
치과 가는 아이에게 사탕이나 과자, 초콜릿을 사 주는 건
부모의 양심상 도저히 안 될 것 같으셨는지
요거트를 하나 쥐여주셨다.
후딱 마셔버리는 딸기 우유보다는
요거트는 떠서 먹는 타입이라

먹성 강한 아이를 조금 더 진정(?)시킬 수 있는 존재라
생각하셨던 것 같다.

엄마의 계획은 대성공했고 요거트를 하나 쥐여주면
치과 가는 길 눈물 범벅이던 아이는
입가에 요거트 범벅이 되며 안정을 찾아갔고
치과 치료는 마무리되었다고.
연세 지긋하신 치과 선생님께
혹여 꾸지람을 들으실까 봐 신경이 쓰이셨던
앳된 얼굴의 초보 엄마는,
입구 앞에서 서둘러 손수건으로
내 입가를 말끔하게 정돈해 주셨고
물도 한 모금 마시게 하고,
다 먹은 요플레는 미리 주도면밀(?)하게 버리셨다.
어렸지만 나도 그 정도 눈치는 있었기에
의사 선생님께서 "양치 잘하고 군것질 안 했죠?" 물으면
치과가 떠나가라 로비에서
나를 기다리는 엄마 귀에 꼭 들리게끔 우렁차게
"네----에!" 하고 크고 길게 대답하는 아이가 되었다.

가장 기억에 남는 요거트 안정 효과는 호주에 갔을 때다.
우리나라에서는 볼 수 없는
세탁 세제만큼이나 커다란 사이즈의 요거트를 마주하고,

낯선 나라에서 떨리던 마음이
금세 즐거움으로 변했을 정도였다.
웬만한 세탁 세제보다 커다란 크기를 자랑하는
호주의 요거트를 파는 코너에서 나는
공항에서 눈물로 배웅하시던 엄마가 떠올랐다.

덩치만 컸지, 아직도 어린애 같은 나를
낯선 나라에 보내는 게 마음이 영 애잔하시다며
내 손을 쉽게 놓지 못하셨다.
겉으로는 꿋꿋한 척했지만, 당시 좋은 과정보다는
한국에서 너무나 지친 일련의 일들로
도망치듯 떠난 선택이었기에
호주로 가는 비행기에서 스튜어디스분이 건네준
타이레놀을 아무리 먹어도
지끈거리는 두통이 가라앉지 않을 정도로
마음이 무겁기만 했다.

그런데 짐을 풀고 마트에 가서
엄청난 크기의 요거트를 보는 순간
눈물이 나면서 웃음도 같이 나왔다.
딸기, 망고, 크랜베리, 라즈베리, 아보카도….
종류도 엄청나게 많은 요거트를 둘러보면서,
이건 마치 엄마가 불안해 할지도 모를 나를 위해

이곳에 요거트라는 이름의 사랑을 세팅해 놓은 것 같았다.

딸기 같은 애정, 망고 같은 격려, 크랜베리 같은 용기,
라즈베리 같은 위안, 아보카도 같은 휴식을 말이다.
치과 치료가 필요한데 가기 싫다며
울며 떼쓰던 어린 나를 위해 엄마가 늘 쥐여주시던 건
작은 크기의 요거트였는데,
이제는 덩치가 커다란 어른이 된 나를 위해
커다란 크기의 요거트로 놓아주신 것 같았다.

요거트를 집어 든 순간
'아, 그래 다른 이들 눈엔 내가 너무 많은 것을 잃고,
초라한 몰골로 도망치듯 이곳에 왔지만,
나에겐 어린 시절 울 때마다 요거트를 쥐여주시는
엄마가 계셨고 지금도 힘들 땐 내 손을 쥐어주시지.
그런 부모님이 있다는 것만으로도
나란 녀석 복 받았구나. 엄청난 복을!'
이런 용기가 생겼다.

세탁 세제만한 요거트 한 통을 수저로 퍽퍽 떠먹으며
어느새 호주에서 새로운 일을 시작할 용기가
불끈불끈 솟았다.

입에 묻은 요거트를 이제는
내 손으로 말끔하게 정돈할 줄 아는 어른이 되었으니
내 삶에 묻은 어려움을 이제는
나 스스로 조금은 이겨낼 줄 아는 힘을 가졌다 믿으면서.
그 옛날 엄마가 쥐여준 요거트 하나만으로
치과 가는 것도 두렵지 않게 된
용감했던 나를 닮은 아이 같은 얼굴로.

그때부터였을까.
나는 조금 낯설고 조금 떨리고
조금 두려운 마음이 드는 장소에 가면
무조건 요거트를 사서 먹는다.
마치 상비약을 구비하는 마음처럼 말이다.
다행히 내가 가는 나라는 어느 곳이나
요거트 하나 정도는 팔았다.
요거트의 맛을 음미하고픈 목적보다는
아 이곳에서도 요거트라는 걸 사람들이 먹고사는구나!
언제든 원할 때 요거트 정도는
쉽게 살 수 있는 것이구나 하는 편안함.

마트에서 사 온 요거트 사진을 찍어
"엄마 이거 봐 이게 호주 요거트래.
진짜 크고 너무 맛있어."라는 카톡을 전송했다.

엄마는 바로 전화를 걸어
"우리 딸 거기서도 혼자서 밥도 잘 챙겨 먹고
건강하게 잘 지낼 수 있는 거지?"라고 물었다.

나는 멀리 한국에 떨어진 엄마가
충분히 안심하실 수 있게 대답했다.
"네----에!"라며 크고 길게 말이다.

엄마는
텀블러 요정

미니멀 라이프를 알고 나서
제 집에 있는 물건 하나하나를 세심히 보게 됩니다.
그러다 보니 자연스럽게 부모님 집에 가서도
이전과 보는 시선이 달라집니다.
연세가 있으신 부모님께서 힘에 부치는 탓에
미처 정리정돈을 못 하고 계신 건 없나 하는 마음으로
부모님 집 살림살이들을 살핍니다.
그런 시선으로 둘러보니
집안 곳곳에 놓여있는 텀블러가 보입니다.
식탁 위에, 주방 상부장에, 냉장고에,

거실 진열장에, 책장 등 집안 여러 장소에서
텀블러가 발견됩니다.

엄마는 텀블러 요정이셨던 겁니다.
무심한 딸은 이제서야 알았답니다.
집안 여기저기에 있던 텀블러를 한자리에 모았습니다.
"몇 개 안 될 텐데-"라고 말하시던 엄마는,
텀블러를 한자리에 모아놓으니 점점 늘어나는 모양새에
"이렇게 많았다고?" 놀라워하며 눈이 커지십니다.

부모님 두 분만 사시는 집에서 나온 텀블러의 양이
적지 않다 느껴지면서,
엄마가 이렇게 텀블러를 좋아하셨나
이제서야 알게 됩니다.
왜냐하면, 텀블러를 하나하나 설명해 주시는
엄마의 눈빛에,
마치 본인의 소중한 보물들을 설명하는 듯한 뿌듯함이
가득하셨으니까요.
텀블러는 엄마에게 있어 컬렉션처럼 아끼는 존재였죠.

여행 가서 기념품으로 사 오신 것도 있고,
선물로 받으신 것도 있고,
엄마가 친구분들과 함께 단체로 우정 상징으로

구매하신 것도 있었습니다.

엄마의 설명을 듣기 전에는
너무 많다 느껴지는 텀블러를 보고
'아우 집에 텀블러가 왜 이리 많지?
다 쓰지도 않으실 텐데,
쓰는 것만 딱 남기고 비우자고 말씀드려야지.'
하는 마음만 우선했던 게 사실입니다.
그런데 엄마에게 텀블러는
음료를 담는 기능적인 측면으로만 볼 수 없는,
그 이상의 애틋한 감정이 깃들어 있었던 거였죠.

저 또한 미니멀 라이프를 하면서 비운 물건이 있지만,
비울 수 없는 나만의 확실한 이유가 있는
물건을 발견했기에 엄마의 심정을 알 것 같았답니다.

한곳에 모인 텀블러를 보신 엄마는
"이렇게 많을 줄 몰랐네!
근데 왜 막상 쓰려고 보면 안 보였지?"라고 하십니다.
그래서, 엄마의 텀블러 정리는
비움에 초점을 맞춘 미니멀 라이프가 아닌,
필요할 때 헤매지 않으시고 바로 쓸 수 있는 자리를
잡는 방향으로 하면 좋겠다는 생각이 들었습니다.

내 눈엔 같은 기능의 보온병이
왜 여러 개 필요할까 고심했지만,
엄마 눈엔 하나는 겨울에 쓰면 좋은 보온병이고
나머지 하나는 얼음을 넣고 차가운 물을 넣어
여름용에 어울리는 보냉병이기에
모두 존재 이유가 분명한 겁니다.

내가 만약 엄마에게
"텀블러 좀 그만 사세요. 지금도 너무 많잖아요."
라고 했다면, 그동안 텀블러를 고르신 추억을 무시하는
경솔한 발언이 되었을 것 같습니다.

이 많은 텀블러 중에
내가 사다 드린 텀블러는 하나도 없는 점이
이제서야 죄송스럽기만 합니다.
"엄마, 텀블러 예쁜 거 보이면 선물로 사다 드릴게요."
라고 말씀드리니
엄마는 눈은 함빡 웃으시면서도 손사래를 치시며
"아우, 아니다. 지금 보니까 텀블러가 집에 진짜 많은 거 알았
다. 더 안 늘려도 될 거 같아. 근데 왜 그렇게 쓰려고 하면 안
보였나 몰라." 하십니다.

주방 상부장 한 곳을 텀블러만의 공간으로 만들어 드리니,

엄마는 소녀처럼 좋아하시며
사진을 찍어 친구분들에게 자랑까지 하십니다.
이렇게 놓으니 본인 텀블러가 더 근사해 보인다고요.
아울러 텀블러가 있는 걸 자꾸 깜박하고 새로 사거나,
어디에 있는지 찾는 수고가 사라질 거 같다며
흐뭇해 하십니다.

우리집에 어울릴 거 같다는
분홍색 텀블러를 선물로 주시면서,
"여기서 더 늘리면 텀블러 수납장이 어수선해질 것 같네.
지금 이 양으로만 유지해야겠어."
라며 다짐하시는 텀블러 요정이셨답니다.

정리를 마치고 엄마와
동네 카페에 텀블러를 들고 갔습니다.
텀블러를 가져가면 할인이 된다는 정보에
그런 게 있냐며 흥미로워하십니다.
앞으로는 카페 갈 때 집에 있는 텀블러를
꼭 챙겨야겠다고 말씀하시죠.

카페에 텀블러를 가져가 할인받는 것이
마음에 쏙 드셨는지
그다음 날도 텀블러를 들고 카페에 가자고 하셨답니다.

텀블러가 할인 쿠폰이 된다는 사실이
엄마에겐 새로운 일상의 발견이었나 봅니다.

엄마에게 말씀드립니다.
엄마가 좋아하시는 텀블러는
요즘처럼 환경문제가 심각한 시대에서
정말 기특하고 멋진 물건이라고요.
음료를 담는 것에 그치지 않고
환경보호에 크게 이바지를 하는 존재라고 말이죠.

그 말에 엄마는 눈을 반짝이시며
주변 친구분들에게 텀블러 챙겨 다니라고
선물해 줘야겠다 말씀하십니다.

비울 것과 남길 것이라는
이분법만으로 하는 미니멀 라이프는
최선에 가까울지는 몰라도
누구에게나 맞는 정답은 아닐 겁니다.
언젠가 엄마가 텀블러를 몇 개 정도는 비우겠다는
생각이 드시면 그때 비우는 미니멀 라이프를
도와드려도 괜찮을 거라 생각됩니다.

엄마에게 텀블러 요정이라 말씀드리니

수줍은 미소를 지으며
"다 늙은 엄마가 무슨 요정이냐." 하셨지만
입꼬리는 자꾸만 올라가시는 게 보여 덩달아 기쁩니다.
엄마는 내 눈에 너무나 사랑스러운 텀블러 요정이십니다.

주방 상부장을 열 때마다
명품이 놓인 진열장을 오픈하는 것처럼 설레신다 합니다.
아울러 몇 개는 비울까 하신다고요.
모아놓고 보니 영 손이 안 가는 게 뭔지
알게 되었다고 말이죠.
텀블러 요정이신 엄마의 취향을 존중합니다.
엄마의 삶의 귀한 한 조각이니까요.

비우는 것도, 유지하는 것도, 더 늘리는 것도
무엇이든 엄마의 마음 흐름에
자연스러운 리듬에 맞춰 흘러가기를 바라봅니다.

미니멀 라이프의 본질은
물건을 매개체로
사랑하는 가족과 더 가까워지는 것일 테니까요.

언젠가 엄마 마음에 쏙 들 것 같은 텀블러가 보이면
선물해 드려야겠다는 다짐을 하면서 말이죠.

힘내라는
　　말보단
　　　김치찌개
　　　　비법을 묻기

엄마가 갱년기인지 요즘은 힘이 없네… 할 때
힘내시라고 말하기보다는,

엄마가 끓인 김치찌개는 도대체 어떤 비법이 있는 거야?
난 아무리 해도 그 맛이 안 나던데.
레시피 좀 다시 알려줘.
라고 한다.

그러면 엄마는 으응? 별거 없는데…. 하시면서
본인의 김치찌개에 관련된 비법을 알려주며

어느새 흥이 나신다.

'김치는 묵은지가 좋고 육수에는 프라이팬에서 볶은 마른 멸
치가 좋은데 말이야…' 하면서
'엄마가 조만간 가서 직접 끓여주면서 차근차근 알려줄게.'
하며 의욕 넘치는 말투로 전화를 끊으신다.

갱년기라며 울적해 하시던 엄마는 어느새 사라지고,
세상 어디에도 없을 본인만의 김치찌개 비법을 전수할
용사로 변하신다.

힘내시라는 단편적인 말보다는,
힘이 넘치실 만한 엄마만의 장점을 상기해 주는 것이다.

세상 어느 곳에도 없을
특급 김치찌개 레시피를 손에 쥐고 있는 엄마라고.
그것만으로도 세상을 호령할 만한
엄청난 힘이 엄마에게 있다고 말이다.

세상 완벽한 남자

김동식

길을 걷다 종종 공사 현장을 지나간다.

공사 현장 근처에는 온갖 공사 재료와 도구들이

어지럽게 펼쳐져 있는 경우가 많다.

그중에서 나는 묵직한 시멘트가 담긴 포댓자루만 보면

잠시 걸음을 멈추고 숨을 고른다.

그리고 공사 현장에

청소년이나 앳된 청년은 없는지 살피게 된다.

내게 있어 시멘트 봉지는 지금은 연세가 드셨지만

건강한 몸으로 내 곁에 존재해 주시는

아빠의 고난을 겪었던 지난날 어린 시절

혹은 젊으셨던 날의 상징이기 때문이다.
시멘트 봉지를 보고 잠시 멈춘 내 머릿속은
어느새 아빠로 가득 찬다.

"세상에 완벽한 사람이 대체 어디 있겠어?"
라는 질문을 받는다면
나는 살면서 딱 한 명은 자신 있게 안다고 말할 수 있다.
주인공은 바로 나의 아빠다.
아빠는 요즘 표현대로 '갓벽' 그 자체다.
한번 미남은 끝까지 미남이듯 나이가 드셨어도
중후한 미남이신 출중한 외모의 소유자.

하지만 하나님은 아빠에게
타고난 외모와 재능은 주셨지만,
그 외의 것은 단 하나도 주지 않으셨다.
서울시에서 당시 가난한 동네로 꼽히던 곳에서도
가장 가난한 집 장남으로 태어난 아빠는
어릴 적에 아버님을 일찍 여의고,
어머니는 늘 아파 누워서
자리보전만 겨우 하셨다고 한다.
아빠 밑으로 고만고만한 네 명의 동생은
아빠만보면 보채고 배고프다며 울었다고.
아무리 장남이라고 해도 그래봤자

아빠도 똑같은 어린아이에 불과했을 텐데.

정부미라고 불리는
정부에서 기초생활보장 수급자들에게 지급하는 쌀을 받아
겨우겨우 죽지 않을 정도로만 살아가는
끔찍한 나날의 연속이었을 것인데,
아빠의 그런 히스토리도
나는 어른이 되어서야 고모를 통해 들었다.
아빠는 나는 물론이고 그 누구에게도
자신이 얼마나 힘들게 살아왔는지,
혹은 어떻게 그걸 극복해 왔는지에 대해
일체의 하소연이나 자랑 섞인 무용담을
단 한 번도 말씀하시지 않았기 때문이다.

고모 말씀으로는
아빠는 동네에서 신동이라 불릴 정도로 머리가 명석해서
아무도 알려주지도 않았는데 혼자 한글을 깨치고,
동네 흙바닥에 나뭇가지로 그림을 그려놓으면
어른들이 와서 넋을 놓고 구경할 정도로
재능이 뛰어난 아이였다고 한다.

소설이나 영화에선
천재로 태어났지만 지독하게 가난한 불운아가

어느 눈썰미 뛰어난 너그러운 재력가를 만나
인생 역전이 되지만, 냉정한 신은 아빠에게
그런 행운 같은 건 허락하지 않았다.
그땐 국민학교라 불리던 초등학교를
이제 막 졸업한 14살짜리 어린이였던 아빠는
몸이 아픈 엄마와 네 명이나 있던 동생들을 책임져야 하는
소년 가장이 되었기에, 중학교는 꿈도 못 꾸고
곧바로 돈을 벌기 위해 일을 했다고.

장소는 시멘트 공장이었다.
막 경제 부흥기로 건설 산업이 한창이던
우리나라 건설 현장은 일손이 늘 부족했기에
너무 어려 어디서도 돈을 벌기엔 쉽지 않았던 아빠에게
일자리가 허락된 유일한 곳이었다.
종일 시멘트를 포장하다가
남는 종이를 모아서 그걸 공책 삼아 독학으로
아빠는 검정고시로 고등학교까지 졸업했다.
시멘트 공장에 다니며
소년 가장으로 살아가던 14살부터 20대 초반까지
아빠의 10년 가까운 시간이 얼마나 가혹하고 힘들었을지
나는 감히 가늠조차 되지 않는다.

솜털이 뽀송뽀송했을 어린아이가

시멘트를 자루에 종일 담고,
제대로 먹지도 못해 뼈밖에 없었을 체격으로
무거운 시멘트를 이고 지고 날라 번 돈으로
엄마의 약값과 동생들의 먹거리를 샀다고.

아빠가 아니었다면 병에 걸린 엄마는 죽었을지도 모르고,
동생들도 아사했을 거라며
고모는 지금도 아빠의 지난 이야기를 들려주실 때마다
목이 메어 제대로 말을 잇지 못하신다.
시멘트 공장에서 아빠는
자신의 가장 파릇파릇했던 청춘을 모두 바치며
가족을 구한 것이다.

지금도 아빠의 손가락 하나가 기형인 것도
시멘트 공장에서 일하며 얻은 골절을
돈이 없어 병원을 못 가 제대로 치료하지 못해
생긴 거라는 것을 고모에게 나중에 듣고,
어린 시절 "아빠 손은 왜 이래? 이상해." 하고 말했던
철없던 나를 얼마나 자책했는지 모른다.
왜 고모와 삼촌들이 명절에 아빠를 마주할 때면
형이나 오빠로서가 아닌
마치 헌신으로 키워준 부모를 대하듯
존경의 자세로 대하는지

고모의 이야기를 듣고서야 알 것 같았다.

어른이 된 아빠는 시멘트 공장에서 소개해 준
제조업을 하는 중소기업에 취직하게 되었고,
그곳에서도 뛰어난 근면 성실과 명석한 두뇌로
특허 기술까지 만들어 낸 사원으로 자리매김을 하셨다.
단 한 번도 늦잠을 자 본 적도,
단 한 번도 자신이 먹고 싶은 음식을 사 먹거나,
단 한 번도 자신이 가지고 싶은 물건을 욕심내 본 적도 없이
오로지 책임져야 하는 가족들과
생계 유지를 위한 전사처럼 사셨다.

그렇게 욕심내는 법을
선천적으로 모르는 사람처럼 살던
아빠가 처음으로 간절히 신께 기도할 만큼
욕심을 내게 되는 일이 생긴다.
우연히 길에서 마주친 어느 아가씨를 만나면서다.

충남 보령에서
꽤 잘 나가는 부잣집 따님으로 곱게 자란 엄마는
친구들과 서울 구경을 한다며
서울 친척 집에 한동안 머물렀다고.

한껏 예쁘게 꾸민 엄마가

시골엔 없던 큰 극장에서 영화를 보고

친구들과 까르르 웃으며 나오는 걸,

공장에서 퇴근하던 아빠가 보고 첫눈에 반한 것이다.

아빠는 엄마를 보고

세상에 저렇게 예쁜 사람이 존재한다는 것에

심장이 쿵쾅거렸고

어디서 용기가 났는지, 엄마에게 말을 걸었다고.

그 흔한 차 한잔 하실래요?도 아니고

시간 되세요?도 아닌

제 이름은 김동식입니다. 이름을 물어봐도 될까요?라고.

당시 엄마는 부잣집 곱게 자란 예쁜 처자였으니

곳곳에서 좋은 혼처 자리가 쇄도했던

콧대 높은 아가씨였는데,

낡은 공장 작업복을 입은

생판 초면의 남자의 어처구니없는

통성명 대쉬가 통할 리가 없어야 정상인데…

이런, 단박에 통해 버렸다고.

왜냐하면 신은 아빠에게

타고난 출중한 외모를 주었기 때문이다.

아무리 꾀죄죄한 회사 유니폼을 입혀 놔도

아빠의 미모는 빛났을 것이고,

엄마도 아빠에게 첫눈에 반했다.

다행히 엄마와 아빠 모두 마음이 서로 잘 맞아 다행이지,

첫 만남을 찬찬히 살펴보면 그야말로

외모지상주의에 의한 충동적인(?) 연애였다.

왜냐하면 우연히 만나 첫 눈에 반한

마치 영화 같은 로맨스로 보이지만,

순전히 엄마와 아빠는 상대방의 외모만 보고

폴링 인 러브(Falling In Love)가 된 것이니까.

요즘 애들 말로 서로가 '얼빠'라서 사랑에 빠진 거다.

(여담이지만 내가 왜 그렇게 잘생긴 남자들에게

마음이 약해지는가 하는 미스터리는

부모님의 사랑 이야기를 듣고 풀렸다.

얼빠 부모님에게서 얼빠 자식이 태어나는 유전이었음을.)

엄마는 부모님의 극심한 반대를 무릅쓰고

가난한 아빠와 결혼했다.

햅쌀로 지은 다디단 백미만 먹고 자란 엄마는

아빠와 결혼하면서 입안이 까끌까끌해지는

정부미의 힘든 맛을 알게 된다.

그런데 내 어린 시절을 돌이켜보면,

분명 경제적으로 넉넉지 않았음에도

단 한 번도 엄마와 아빠가 돈 문제로 한숨을 쉬거나
다투거나 암울한 이야기를 하는 걸 본 적이 없다.

늘 새벽마다 어김없이 출근해
월급 봉투를 통째로 엄마에게 갖다 주고,
술 담배는 평생 한 번도 한 적이 없는,
아무리 피곤한 몸을 지치고 돌아와도
어린 나를 늘 업고 동네 한 바퀴를 돌아 주는
다정한 아빠셨다.

엄마에겐 그야말로 어디를 가도
이 구역의 사랑꾼 남편으로 평생을 살고 계신다.
딸바보 아빠라 해도
출장을 다녀오면 현관에서부터 자식인 내가 아닌
엄마부터 찾는 남편.
철없는 나를 거의 꾸짖지 않는 너그러운 분이시지만,
엄마를 속상하게 만들면
자기 여자 울리는 건 못 보겠다는 모드로
엄마에게 버릇없이 구는 건 안 된다.
일침을 가하시는 분.

먹고살기 정말 힘드셨을 텐데,
내가 일기장에 보란 듯이

가지고 싶은 운동화나 책가방을 써 두면
어떻게든 사 주셨던 아빠.
내가 대학에 떨어졌을 때도
회사에서 잘렸을 때도
그저 우리 딸 힘들었겠네.
좀 쉬어 아빠가 기도해줄게. 다 잘 될 거야.
라고만 하시는 분.

하나님은 마치 자신의 충직한 양을 시험하듯
아빠에게 갖은 역경을 주었지만,
아빠는 시험을 다 이겨낸 수도승처럼
모든 것을 초월하는 사랑과 헌신으로 사셨다.

다행히 아빠가 낸 특허 기술로 시작한 작은 사업은
조금씩 번창해 우리집은 지독한 가난만큼은
차츰 벗어나게 되었고
(내 기준에선) 남들 사는 것만큼은 사는
안락함을 누리게 되었다.

지금도 새벽 4시에는 일어나 기도로 하루를 시작하시고,
오로지 가족밖에 모르는 남편으로, 가장으로 사는 아빠.
이제 일을 좀 쉬셔도 될 나이지만,
일하는 것이 축복이라며

노동하는 삶의 가치를 믿으시는 분.
아직도 엄마가 세상에서 가장 예쁜 여자라고 믿는 남자.
난 가끔 내가 아빠의 친자식이 맞는지 의심을 한다.
저토록 완벽한 아빠에게서
어쩌면 이리 게으르고 철없는 인간이
자식으로 나올 수 있는가 하고.

어쩌면 아빠는 하나님에게
자신이 다 짊어지고 이겨낼 테니
자식인 나부터는 편하게 살 수 있게 해달라고
절실히 기도한 건 아닐까도 싶다.

내 달콤한 늦잠은
아빠가 새벽 기상으로 맞는 시린 바람의 대가인지도.
내 편한 지금의 삶은
아빠가 14살부터 시멘트를 포장하고 나르던
노동의 대가인지도.
내 손이 세월의 고된 흔적 없이 무사한 것도
아빠가 골절로 기형이 되면서까지
시멘트 공장에서 견딘 아픔의 대가인지도.
내가 거저 얻은 삶의 축복은
아빠가 단 하나도 거저 얻지 못 한
힘겨웠던 삶의 대가인지도.

여전히 나는 철이 없고 제멋대로 사는 못난 자식이다.

하지만 이제는 길을 가다 공사 현장에서
시멘트 봉지를 보면 잠시 길을 멈춰
내가 태어나기 전, 내가 보지 못 한,
그저 상상으로만 짐작될
아빠의 그 시절 고되고 처절하고
그런데도 굴복하지 않고 이겨낸 모습을 생각한다.

학교에 다니지 못 했지만
시멘트 포장지에 글자를 써서 공부하던 아빠
시멘트로 지어지는 고층 아파트는커녕
쓰러져가는 달동네 판자촌에서 쪽잠을 겨우 자던 아빠.
시멘트 냄새 때문인지 종일 제대로 먹은 게 없어서인지
늘 어지럽고 배고픔에 시달렸을 텐데도
간식으로 나온 빵 한 봉지를 꼭 쥐고 돌아가
동생들에게 나누어주던 아빠.

아빠는
나만의 아빠만은 아닐 것이다.
고모와 삼촌들 그리고 우리 할머니까지
모두의 생을 살게 한 아빠라고 생각한다.
부모와 자식 관계를 떠나 나는

아빠를 진심으로 존경한다.

만약 아빠가 그때
시멘트 봉지 무게를 도저히 이기지 못해
그냥 무릎이 꺾여 바닥에 주저앉아 버렸다면
지금의 내가 세상에 존재할 수 있었을까 싶기에.

만약 아빠가 그때
시멘트 봉지라도 공책 삼아 공부하지 않았다면
다 포기해 버리셨다면
지금의 내 안락한 삶은 애초에 불가능했을지도.
그래서 나는 공사 현장에서
시멘트 봉지를 보면 마음이 숙연해진다.

우리를 이만큼 먹고살게 한
아빠라는 이름의 선구자가 떠올라서.
내가 언젠가 자식을 낳고
그 아이에게 아빠의 이야기를 들려줘도
나만큼은 감흥이 생기지 않을 것이다.

아빠가 이겨낸 삶의 위대한 역경은
언젠가는 그 누구의 기억에서도
존재하지 않게 사라질지도.

아빠 본인 자체도 그걸 자랑하거나 내세우시지 않기에.

하지만 나는 이렇게라도 남기고 기억해 드리고 싶다.

아빠는 정말 완벽한 분이라고 말이다.

아빠는 정말 신이 주신 어떤 고난에도 굴복하지 않고

묵묵히 이겨내신 위대한 분이시라고.

그런 분이 내 아빠라는 사실을 생각하면,

당연하게 여기는 내 평범한 삶이

얼마나 행운이고 축복인지 감사하게 된다고.

그렇게 나는 공사 현장을 보고 마주하는 시멘트 봉지에서

아빠를 회상하고 아빠에 대한 존경을 되새긴다.

나의 아빠, 김동식.

완벽 그 자체, 사랑합니다.

시멘트를 부어 고정할 수밖에 없는 마음이다.

우리가 날씨로
인사를 건넨다는 것

어릴 적에 엄마가 주변 분들에게 안부를 건넬 때면
늘 날씨나 계절 이야기로 운을 떼우시는 게 이상했다.

"요즘 날씨가 더운데 건강하시죠?"
"경칩이라더니 한결 포근하네요." 하는
엄마의 일명 기상청 대화법이 이해가 안 갔다.
그냥 바로 대화의 본 주제로 직행하면 될 텐데
엄마는 매번 '오늘 날씨가', '요즘 계절이'를
이야기하시는지.

그랬던 내가 엄마의 마음을 이해하게 된 건
남편과 연애 시절 때다.
한창 연애를 시작했을 때
오래전에 잡혀있던 일정으로
나는 호주로 갈 수밖에 없었다.
한동안 나는 호주에
남편은 한국에 떨어져 있어야만 했다.

일 년이라는 기간이 길다면 길고 짧다면 짧지만,
하루라도 떨어지면 보고 싶어서
새벽녘에 서로의 집 앞에라도 찾아가던 당시
순정이 하늘을 찌르던 풋풋한 연인들에겐
참으로 가혹한 시간으로 느껴졌을 것이다.

공항에서 어린아이처럼 눈물을 뚝뚝 흘리는 나에게
남편은 네 번의 계절만 지나면
금방 만난다고 다독여 주었다.

남편 말을 들으며,
'그래, 봄과 여름 그리고 가을과 겨울만 지나면
금세 만날 테니까.'
라고 애써 자신을 토닥이며
퉁퉁 부은 눈으로 호주로 가는 비행기에 몸을 실었다.

그때는 그 네 번의 계절이
얼마나 외롭고 힘들지 상상도 못 한 채.

사랑하는 연인이 곁에 없다는 현실이
사무치게 외로웠지만, 그보다 더 힘든 건
서로가 정반대의 계절을 살고 있기에
만날 수 없음을 매 순간 실감할 때였다.
남반구에 위치한 호주가
북반구에 위치한 한국과 계절이 반대라는 것은
여행용 가방에 옷을 챙기면서 알고 있었지만,
막상 가서 실제로 느끼는 체감온도의 차이는 상당했다.
내가 도착한 호주는 가을이 되어 잎이 떨어질 때
한국은 벚꽃이 한창 날리는 봄이었다.

우리는 매일 영상통화를 했는데
그때마다 남편과 내가 다른 공간에 있다는 것을 실감했다.

내가 가을의 스산한 바람에 야상 자켓를 힘껏 여미며
낙엽이 수북하게 쌓인 길 위 벤치에 있을 때
핸드폰 화면 속 남편은
분홍색 비처럼 내리는 벚꽃을 맞고 있었으니까.
남편이 여름이 되어 파란색 아디다스 마크가 그려진
흰색 반팔 커플 티셔츠를 입고

냉장고에서 차가워진 콜라를 마실 때,
나는 하루가 다르게 추워지는 호주의 겨울에
두꺼운 스웨터를 꺼내 입고,
뜨거운 커피를 마시기 위해 가스레인지 불을 켰다.

그때 느꼈다. 그와 내가 아무리 보고 싶어 하고
여전히 우리의 사랑은 변함없다 해도
확연하게 다른 장소, 다른 공기 속에서 살고 있다는 것을.

내가 봄을 살고 있을 때 그는 가을로 접어든다는 것은
마치 영화 〈인터스텔라〉에서
시간차 때문에 어긋나는 운명처럼 서글펐다.
내가 뜨거운 태양이 작열하는 한여름의 해변에서
크리스마스 캐럴을 들을 때
그가 눈이 펑펑 쏟아지는 곳에서 눈사람을 만들어 보여줄 때.
아주 잠깐이라도 잊고 있었던 그가 내 곁에 있지 않다는 것을,
한달음에 달려와 만날 수 있는 현실이
아니라는 것을 확인받았다.

아울러 같은 날씨를, 같은 계절을 함께 느끼고 산다는 것이
얼마나 소중했었는지를 느꼈다.
그래서 다시 우리가 만나면
그때는 정반대인 우리의 계절의 흐름부터

맞추고 싶다 간절히 바랐다.
같은 계절을 함께 살고 있다는 건
우리가 서로의 곁에 있다는 증거일 테니까.

어릴 적
"요즘 날씨가 더운데 건강하시죠?"
"경칩이라더니 한결 포근하네요." 했던
엄마의 일명 기상청 대화법을 알 것 같았다.

그건 곧 내가 그리고 당신이
멀지 않은 곳에 함께 무사히 잘 살고 있어서
고맙고 행복하다는 메시지라는 것을.

일 년의 시간이 드디어 흘러 한국으로 돌아온 나는
그동안 남편과 못 해본 데이트를 마음껏 했다.
봄에는 윤중로에 벚꽃을 보러 가고
여름엔 강원도 속초 해변으로 가고
가을엔 단풍이 절정인 경북 문경새재에 가고
겨울엔 동네 공원에서 눈사람을 만들었다.

다른 데이트 방법도 많았지만,
그때는 그와 내가 온전히 함께 같은 계절 속에 살아 있다는 걸
매번 확인하고 매 순간 실감하고 싶었다.

나는 매일의 날씨에서 계절의 흐름에서 종종 그때를 회상한다.
남편이 출근하며 보낸 메시지가 왔다.

이제 완연한 봄이야. 공기에서 봄 냄새가 나.

늦잠을 자던 나는 그 메시지를 보고
베란다로 나가 창을 활짝 열고 오늘의 공기를 맡는다.
그리고 말한다.

와 진짜 이제 봄인가 봐. 정말로.

그리고 마음속으로 확인한다.
우리가 서로 사랑하며 곁에서 잘 살고 있다고.
왜냐하면 그가 들이마시는 달콤한 봄 냄새를
지금 나도 맡고 있으니까.

편의점에서 레드와인
아무거나 한 병 사다 줄래

뱅쇼 만들어 줄게. 집에 오는 길에 편의점에서
레드와인 아무거나 한 병 사다 줄 수 있어?
냉장고에 들어있던 자몽, 사과, 포도 거기에 레몬까지
아낌없이 썰어서 보글보글 끓여줄게.

뜨거운 온도에 끓여지는 동안 알콜은 다 날아가지만
오히려 한 잔만 마셔도 뜨뜻한 정종처럼
취기가 한방에 올라올 것 같은 뱅쇼를 만들어줄게.

뱅쇼가 진득하게 끓여지는 동안

우리집엔 달큰한 와인 향이 가득해지겠지.

냄새만 맡아도 취하는 기분이 든다며

너는 말하겠지.

복숭앗빛 동그란 블러셔를 바른 것 같은

발그레한 볼이 봉긋하게 올라오는 웃는 얼굴로 말이야.

뱅쇼는 말이야.

유럽에서 추운 겨울이면 마시던 감기약 같은 거래.

이걸 마시면 어린아이도 감기에 안 걸린대.

어디선가 주워들은 이야기를

한껏 허세 가득한 말투로 너에게 아는 척하며

뱅쇼가 잘 끓여지고 있나

가스레인지 앞에서 나는 서성이겠지.

간식을 기다리는 순한 강아지처럼 식탁에 앉아있는 너에게

평소에는 모셔두고 쓰지 않던

아껴둔 와인잔을 꺼내주면서 말이야.

뱅쇼가 끓어오르고 약한 불로 줄여

최소 20분 이상 끓여지는 동안

너는 나에게

집에서 뱅쇼도 만들어 먹고 요리 잘 하시나 봐요?

나는 너에게

좋아하는 음식 뭐 특별히 있으면 말해 봐요.

내가 해줄게요. 파스타 종류라면 대체로 잘하거든요.
라는 시답잖은 대화를 주거니 받거니 하지.

진짜 하고 싶은 말은
너는 나에게
집까지 나를 초대할 정도라면 나를 좋아하나 봐요?
나는 너에게
초대한다고 이렇게 와 주는 거면
당신도 나를 싫어하진 않는 거죠?
라는 건 마음에만 담아둔 채.

그렇게 우리는 쑥스러움에 진심을 숨기고,
수줍음 많은 어린아이처럼 말을 빙빙 돌리며
뱅쇼가 눌어붙지 않도록 주걱을 빙빙 돌릴 뿐이지.
드디어 뱅쇼가 완성되고
나는 너의 잔에 정성스레 따라주고
첫 잔을 시음하는 동안 긴장된 마음으로 기다리지.

착한 너는 첫 모금을 채 넘기기도 전에
우와 정말 맛있어요!라고 감탄해주지.
긴장되었던 나는 그 말을 듣자마자
와 다행이다! 우리 그럼 같이 건배해요.
하고 잔을 내밀지.

마음속 진짜 하고 싶은 말은

너는 나에게

우와 저도 당신 좋아해요!

나는 너에게

와 다행이다! 우리 그럼 오늘부터 1일이에요!

라며 유치한 맞장구를 치고 싶지만

우리는 쑥스러움에 진심을 숨기고,

수줍음 많은 어린아이처럼 말을 빙빙 돌리며

뱅쇼가 든 와인잔만 향을 음미한다며 빙빙 돌릴 뿐이지.

냄비 한가득 끓인 뱅쇼가 바닥을 보일 때까지

우리는 그렇게 함께 마셨다.

마음속 진짜 하고 싶은 이야기가

아직은 쑥스러웠던 우리들

하지만 굳이 말하지 않아도

서로의 마음을 알 거 같았던 우리들.

뱅쇼를 볼 때마다

그렇게 풋풋했던 너와 나의 연애 시절이 떠오른다.

알콜이 다 날아가서

아이도 마실 정도로 순한 음료인 뱅쇼인데

왜 그날 우리는 마치

독주를 마신 것처럼 둘 다 취했던 거 같았을까.
어쩌면 취하고 싶었던 마음으로 취했을지도.
취중 진담으로 고백하고 싶었던 것들이 너무나 많았으니까.
맹물에 포도알만 띄워도
그걸 핑계로 고백하고 싶어 안달이 났던 우리였으니까.
뱅쇼에는 그렇게 다디단 우리의 추억이 있다.

그래서일까.
지금도 우리는 서로에게 익숙함보다는
쑥스러움이 필요해지는 순간에 뱅쇼를 마시지.
알콜 도수라고는 하나도 없는 뱅쇼인데도
신기하게도 우리에겐 그 어떤 술보다도
기분 좋은 취기를 만들어주는 신기한 존재.

사는 게 너무 건조하다 느껴질 때,
달콤한 취기가 절실해질 때,
이제는 남편이 된 그에게 가끔 메시지를 보낸다.

뱅쇼 만들어줄게. 집에 오는 길에 편의점에서
레드와인 아무거나 한 병 사다 줄 수 있어?라고.

헤어졌어도
면접은 보러 가자

내 인생 영화 〈500일의 썸머〉와 〈라라랜드〉.

두 영화의 공통점이 있다.

남녀가 만나 사랑하지만 헤어진다. 누구도 죽지 않는다.

헤어지는 과정에서 갈등과 싸움은 있었지만

서로를 증오하지 않는다.

이후 원하던 꿈을 이루기 위해 도전한다.

새로운 연인을 만나 사랑하게 된다.

사랑하되 더 이상 사랑으로 불안해하지 않는다.

오히려 사랑함으로 삶이 더 안정적으로 변한다.

옛 연인과 우연히 마주쳐도 서로를 따뜻하고 담담히 축복할 뿐
지금의 연인에 충실하다.

내가 왜 두 작품을 좋아하는지 알 것 같다.
불꽃처럼 사랑하고 헤어져서 죽을 만큼 아파할지라도,
다시 툭툭 털고 일어나 회사에 면접도 보러 가고,
영화 오디션 준비도 하고,
오랜 꿈이던 재즈 카페 창업 준비도 한다.
그러다 자연스레 또 다른 사랑을 만난다.
사랑의 아픔을 사랑으로 급하게 채우려 하지 않고,
내 일상을 회복시키는 데 차분히 노력하다가
자연스레 만나게 되는 것.

내 영혼까지 뒤흔들 대상보다는
일상까지 평안히 만들어 줄 사람에 대한 소중함.
〈500일의 썸머〉에서 썸머와 톰이
〈라라랜드〉에서 미아와 세바스찬이
끝내 헤어져 안타깝기도 하지만,
나는 각자 그들이 나름의 행복과 사랑을 찾은 모습이
진심으로 기뻤다.

썸머는 톰의 연인이기 전에
그냥 썸머 자신으로 빛날 수 있고,

톰도 썸머의 연인이 아니어도
톰 자신으로 멋진 사람이니까.
미아도 세비스찬의 연인이 아니어도
배우로서의 꿈을 이루고
세바스찬도 미아의 연인이 아니어도
재즈 카페를 오픈하는 것에 도전할 수 있으니까.

그들을 보면서 나도 누군가의 연인이기 전에
나 자신부터 아끼고 사랑하며 살 때
진짜 사랑을 만나는 행운도 오는 건 아닐까 생각한다.
정확히 말하면 더 큰 행운은
나 자신부터 소중히 여길 줄 알게 되었다는 것.
나 자신의 존재만으로
충분히 행복할 수 있다는 것도 알게 된 것 같다.

〈500일의 썸머〉에서 이별 후 톰은 이렇게 말했다.
"누군가와 과거에 있었던 일을 머릿속으로 끝없이 반복해서
회상하곤 문제의 징후를 찾는 거예요."

어디 사랑뿐일까 싶다.
지난날 저질렀던 실수와 잘못 그리고 안타까운 기회들.
돌이킬 수는 없지만 문제의 징후를 찾아서
삶을 조금 더 성숙하게 만들고 싶다.

톰이 썸머와 헤어지고 어텀이라는 이름의 새로운 사랑을
만나 이전보다는 편안한 미소를 짓는 것처럼.

사랑하고 헤어질 수는 있지만.
어느 누구도 죽지 않고 증오하지 않기를.
사랑만을 쫓지 않고 내 삶에 먼저 충실하다 보면
우연처럼 운명 같은 사랑도 만나기를.

〈500일의 썸머〉와 〈라라랜드〉는 내게
사랑했지만 헤어진 연인에 관한 애틋한 영화가 아니다.
사랑에 실패했다 해도
실패할 수밖에 없었던 문제의 징후를 되풀이하지 않는 것.

나 자신 그 자체로 살아가고, 꿈을 이루고,
더 나은 내가 되어 조금 더 성숙한 사랑을 하는 것.

헤어진 사랑에만 연연하지 않고 의연하게 살아가는
그래서 더욱 아름다운 이들에 관한 영화다.

울고 원망하고 자책하고 죽을 듯 괴로워해도,
삶에 대한 열정만큼은 버리지 않고 살아가는 그들을
오래오래 기억하고 싶다.

"사람들은 다른 사람들의 열정에 끌리게 되어있어.
자신이 잊은 걸 상기시켜 주니까."라는
〈라라랜드〉 속 미아의 말처럼 영화를 보고 난 후,
오래도록 잊고 지내던 이루고 싶은 꿈,
자신의 충실한 일상을 갈망하는 열정이 상기되었으니까.

영화는 끝났고
그들의 첫사랑도 해피엔딩과는 반대로 끝났지만
내 기억 속 그들은 어떤 영화보다 맘에 드는
해피엔딩의 주인공들이다.

실연을 당해도
중요한 회사 면접은 나 자신을 위해 보러 가자.
톰도 정신을 차려 면접 보러 간 회사에서
새로운 사랑을 만난 것처럼.

파트라슈가
프리미엄 유기농
사료를 먹었다면

신혼살림으로 냉장고만큼은

오래전부터 가지고 싶었던 제품으로 큰마음 먹고 샀다.

가격대가 다른 냉장고에 비해 높은 편이었지만,

티브이나 소파를 나중에 사는 한이 있어도

그 냉장고만큼은 꼭 가지고 싶었기에

백화점에서 결제를 마치고 돌아오는 길이

얼마나 행복했는지 모른다.

타 브랜드는 같은 크기여도 100만 원 이하로 구매할 수 있었다.

내가 사고 싶은 냉장고는 그 가격의 두 배 정도였는데,

그 브랜드에서는 그나마 저렴한 편에 속하는 작은 냉장고였다.

구매 영수증을 손에 쥐고 집으로 가는 내 얼굴을
누군가 사진으로 찍어 놨다면,
어느 부동산 사무실 테이블 위에서
처음으로 자가로 된 집 계약서를 작성하시던
(그때 엄마가 얼마나 기분이 좋으셨으면,
선뜻 사 준 적 없던 초코 우유를 다 사 주셨다.
그 옆에서 초코 우유를 아껴 먹으며 어린 내가 보았던)
부모님의 상기된 얼굴과 비슷했을지도.

신혼집에 입성한 뒤 냉장고를 애지중지 닦으며,
진열장 안에 귀한 장식품을 나열하듯
냉장고 안에 식자재와 소스 병을 신중하게 놓았다.
아침에 눈을 떠 거실로 나가
냉장고를 열어 탄산수를 꺼내 마시며 시작하는 하루는
어느 세련된 뉴요커라도 된 듯 산뜻했고,
어두운 밤 냉장고를 열 때 켜지는 조명은
우아한 샹들리에에서 발산하는 빛처럼 아름다웠다.
엄마는 나중에 필시 후회할 거라며
김치냉장고가 함께 구성된 제품으로 샀어야 했다는
냉정한 평가를 하시고,
집들이 선물로 친구가 건넨 아이스크림 케이크가
아무리 용을 써도 작은 냉동실에는 들어가지 않아
"하하 밥보다 아이스크림을 먼저 먹으면 되는 거지." 하며

멋쩍은 농담을 건네야 하는 이런저런 아쉬움을 지녔지만
그런데도 나의 냉장고는 요즘 유행하는
해시태그 #내돈내산(내가 돈 주고 산)이자,
남들은 모르지만 나는 아는,
오랫동안 바라온 로망을 이루어 준 존재였다.

그런데 엄마의 뼈를 때리는 조언과
아이스크림 케이크가 냉동실에 들어가지 않는 난관은
비교가 안 될 정도의 예상치 못한 당황스러움이 발생했다.

소심하기 짝이 없는 사람인 나의 유일한 취미이자 낙은
블로그에 집 사진을 찍어 올리는 거였는데,
어느 날 포털 사이트에 나의 포스팅이
메인으로 노출되는 이벤트에 당첨된 것이다.
이런 신기한 일이 있나 하고 호들갑스럽게 좋아했지만
즐거움은 아주 짧은 순간에 그쳤다.
왜냐하면 내 집 사진을 보고 달리는 댓글은
예상 밖의 분위기였기에.

포털 사이트에 노출된 포스팅은
이제 막 살림을 본격적으로 시작하는 신혼 주부로,
풍요로운 삶은 아닐지라도
소박함을 사랑하며 살겠다는 내용이었는데

댓글 창에는 나의 냉장고를 보며

"소박하고는 거리가 먼 허세 가득한 삶이라는 건
냉장고만 봐도 알겠다."
혹은 "연예인 냉장고라 불리는 저런 걸 자랑스레 찍어서
인테리어한 사람이 무슨 검소?"라는 식의 댓글이 만선이었다.

이건 그들이 말하는 모 브랜드의 냉장고가 아닌데.
이건 '나의' 냉장고인데. 그저 냉장고가 아니라
오랜 시간 꼭 한번 가지고 싶어서 차곡차곡 돈을 모아
티브이도 소파도 에어컨도 구매하지 않고
이거 하나만큼은 사고 싶은 마음으로 드디어 품게 된
나의 소중하디 소중한 로망이 담긴 냉장고인데.
그런 나의 냉장고가 익명의 사람들에게 타깃이 되어
마음 아픈 오해를 받는 거였다.

갈등 상황을 지나치게 두려워하는 성향의 나인지라
그런 글을 보니 손이 떨리고 안색이 창백해졌다.
마음 같아서는 그동안 이 냉장고를 사기 위해
한 푼 두 푼 모아놓은 통장 내역을 보여드리고,
나름대로 내가 가진 경제적 상황에서
과도한 지출이 없도록 조율하며
그래도 꼭 가지고 싶은 소비에는

주저 없이 집중했을 뿐이라 항변하고 싶었다.

왜 내가 사치스럽냐며,
냉장고 주변에 로봇청소기도 전기밥솥도 에어프라이어도 없는
나의 검소(?)는 안 보이냐는 반박을 하고 싶었지만,
용기 없고 논리 부족하고 소심하고 나약한 나는 그저
댓글창과 냉장고를 번갈아 가며 심란하게 보기만 했다.

그전까지만 해도 탄산수 한 병만 꺼내도
스마트하게 느껴졌던 냉장고 도어가 무거운 추처럼 힘겨워졌고,
상들리에 불빛처럼 화려한 냉장고의 조명이
눈을 시리게 만드는 블루 라이트처럼 부담스러워졌다.

냉장고를 그렇게 멍하니 보다
문득 학창 시절 운동화 사건이 떠올랐다.
당시 유행하는 고가의 운동화가 너무너무 가지고 싶어
부모님께 보란 듯 일기장에
"친구들이 신고 다니는 그 운동화가 나도 너무 가지고 싶다. 나
만 없다고 오늘도 짝꿍이 놀렸다. 혼자서 펑펑 울었다."는 글을
아주 크게 써놓고 펼쳐놓고 잠들었다.

일기장의 방법이 통했는지 며칠 후 생일날
나는 꿈에도 그리던 운동화를 받게 되어

방방 뛰었고 설레는 마음으로 운동화를 신고 등교했다.
비싼 운동화를 단체로 함께 신는
그 친구들의 무리에 나도 당당하게 낄 수 있으리라는
희망을 품고.

하지만 내 예상은 완전히 빗나갔다.
무리 중 한 명이
"어머 쟤 봐. 운동화 우리랑 똑같은 거 신었네. 근데 저 애 가난
한 동네에 살지 않아? 부모님께 엄청 졸랐나 봐. 쟤네 부모님
힘드시겠다."라는 말을 소곤소곤 대며 귓속말로
(근데 그게 또 나한테 다 들리게) 하는 거였다.
아이들은 순수하지만 때로는 그래서 더 잔인한 법이다.

그토록 가지고 싶었던 운동화였지만
그 무리 눈에는 셋방에 사는 내가,
허름한 가방을 메고 다니는 내가,
방과 후 떡볶이라도 사 먹자면
늘 용돈이 부족해서 눈치 보던 내가 신기에는
그야말로 사치이고 오버였다.

그 학창 시절 운동화와 지금의 냉장고는
묘하게도 닮아있음을 느꼈다.
어린 내가 절약과 검소 그리고 소박이란 키워드를 내세우며

운동화를 신은 건 아니지만,
절약과 검소를 하며 살아야 하는 것이
친구들 눈에는 마땅해 보이는 내게는
절대 어울리지 않는 운동화로 보였을 것이다.

마찬가지로 내가 절약과 검소 그리고 소박을
사랑하고 싶다는 글과 함께 냉장고 사진을 올린 것은
누군가의 눈엔 절약과 검소를 말하는 내게는
절대 어울리지 않는 물건으로 보였을지도.
그때의 내 운동화를, 지금의 내 냉장고를
갸우뚱하게 보는 이들을 탓하고 싶지 않다.
아니 그럴 자격이 내겐 없다.

왜냐하면 나 역시 티브이에서
어려운 처지인 사람들을 보여주며
도움을 요청하는 프로그램을 볼 때
화면 속 그들의 핸드폰이 아이폰 신상이면
마음 깊숙이 '나보다 더 좋은 핸드폰을 쓰는데 어렵다고?'
하는 의문을 가지는 사람이므로.

이렇듯 나부터도 특정 물건의 이미지에 맞춰
타인을 평가하고 있으니까.
무라카미 하루키 작가는

"단순한 차원의 얘기를 새삼스레 심각하게 궁리하는 것은 좋지 않다고 생각한다. 가령 장미를 좋아하는 사람은 열정적이라든가, 개를 좋아하는 사람은 성격이 밝다든가, 그런 사고방식은 바람직하지 않다. 그냥 장미를 좋아하고, 개를 좋아하는 것일 뿐이다. 참 나, 안 그런가요. 히틀러는 개를 좋아했지만, 개를 좋아하는 사람들이 모두 히틀러적인 요소를 지니고 있다고는 할 수 없죠."라는 말을
그의 수필집 〈코끼리공장의 해피엔딩〉에 남겼다.
무척 좋아하는 작가의 수필이라 여러 번 되풀이하며 읽었는데
이제야 그 의미가 무엇인지 알 것 같았다.

하루키 작가의 말에 기대어
가령 비싼 운동화를 신은 사람은 반드시 부자여야 한다거나,
가격대가 있는 냉장고를 사는 사람은 사치스럽다거나, 하는
그런 사고방식은 바람직하지 않다는 것.
단지 그 운동화를 좋아하고,
냉장고를 가지고 싶었을 뿐이라는
심플한 관점이 얼마나 필요한지를.

나는 어느 순간 '검소' 그리고 '소박'이란 단어에
걸맞은 구색을 갖추며 살아왔고
그렇게 남들 눈에 보여야 한다는 편견이
큰 건 아니었나 하고 돌아보았다.

만약 플란다스의 개의 파트라슈가
프리미엄 유기농 사료를 먹었다는 사실을 나중에 알게 되면
생각보다 형편이 넉넉했던 거 아냐? 하고
네로와 파트라슈의 불행과 가난에 눈물 흘렸던 것을 의심하며
배신감을 느낀다고 말했을지도.
성냥팔이 소녀가 차가운 눈을 맞으며
끝내 배고픔과 추위에 생명을 잃었을 때
입고 있던 망토에 붙은 상표가 에르메스였다면
난 어떤 감정을 느낄까.

네로와 파트라슈는 가난하지만 역경을 이겨내는 이미지이기에
프리미엄 유기농 사료 따위 절대 꿈도 꾸지 말라고
절대 어울리지 않는다고.
성냥팔이 소녀가 걸치는 망토인데
에르메스가 웬 말이냐고 말했을지도.

하지만 내가 남들은 모르는 사정과 감정과 희망으로
냉장고를 가지고 있듯,
어린 시절의 내가
친구들은 모를 사정과 감정과 희망으로 운동화를 신었듯.
도움을 요청하는 티브이 속 어려운 이웃의 손에
최신형 아이폰이 있는 것도
내가 모르는 그들의 사정과 감정과 희망이 있었을 것이다.

그렇게 생각하니 다시 나의 냉장고가 애틋하고 빛나 보였다.

도대체 검소함에 걸맞은 모양새는 무엇이란 말인가?
내가 열심히 모은 돈으로 남들에게 피해 안 주며
#내돈내산 냉장고로 내가 행복하게 살면
그것만으로 충분한 것일 텐데,
세상이 요구하는 알뜰함에 어긋나지 않을 구색을 갖추기 위해
이마저도 포기하고 살아야 한다는 건
아무리 생각해도 이해가 되지 않았다.

이렇게 생각하지만 소심한 나는
앞으로도 세상에 요구하는 구색에 벗어나지 않으려
눈치 보고 소신 없이 살 가능성이 농후하다.

하지만 냉장고 사건을 통해 분명 바뀐 단 한 가지가 있다.
소유물로 누군가를 쉽게 판단하지 않겠다는
인식을 하게 되었다는 것.
파트라슈가 설령 프리미엄 유기농 사료를 먹었다 해도
파트라슈는 내 마음속 영원한 영웅이고
성냥팔이 소녀가 설령 명품 망토를 걸쳤다 해도
소녀는 내 마음속 영원한 친구라는 것을
의심하지 않는 것이다.

내가 믿고 사랑하는 이들을
편견 없이 그 자체로 바라보고 싶다.
아울러 내가 전혀 모르는 이들의 삶도
그렇게 바라보는 눈을 가지기를.

부자도 아닌 주제에 어울리지 않게 비싼 운동화를 신었냐는
누군가의 말에 눈치가 보여
다시 낡은 운동화로 갈아 신고
기가 죽어 처진 어깨로 터덜터덜 등교했던
어린 시절의 나를 진심으로 위로한다.

알뜰하게 살고 싶다면서 어울리지 않게 비싼 냉장고를 샀냐는
누군가의 말에 흔들리지 않고
나의 냉장고 문을 힘차게 열어
차가운 탄산수를 꺼내 쿨하게 마시는 지금의 내가 말이다.

그 어느 때보다 탄산수의 맛이 짜. 릿. 하. 다.

조금 더
너그러운 밤

남편과 늦은 저녁을 먹고
위장에 느껴지는 양심의 가책에 따라
동네 한 바퀴라도 돌자며 밤 산책을 나섭니다.

그러다 새로 생긴 카페가 눈에 보여
따뜻한 차라도 한잔 할까 하며 들어섰죠.
밤에 아무리 커피를 마셔도
불면증과는 거리가 먼 우리는
자신 있게 아메리카노를 주문했습니다.

그런데 주문을 받으시는 직원분께서
"일회용 잔에 드려도 괜찮으시죠?"라고 하십니다.
'일회용 잔?' 단어를 잘못 들었나 싶어서
카페 마감 시간을 급하게 보니 삼십여 분 정도 남아있기에
"저희는 매장에서 마시려고요."라고 말씀드렸죠.

그랬더니 직원분의 얼굴에
숨길 수 없는 난처함이 스쳐 지나갑니다.
"오늘은 저희가 식기 마감이 매장 마감보다 좀 빨라서요."

아하! 이제서야 이해가 갑니다.
직원분께서는 설거지나 식기 정돈을
마감 시간보다 미리 하실 계획이기에
머그잔이 아닌 일회용 잔에 담아 주시려는 것을요.

마음이 순간 꽤 착잡해졌습니다.
되도록 일회용 잔을 안 쓰고 싶어 하는 마음과
(그렇다고 마감 시간이 30분 정도 남았는데 벌써 식기 마감
이요?라고 따져 묻는 것은 소심한 나로서는 어려운 일입니다.)
어린 시절 카페에서 아르바이트할 때
마감 시간에 임박해서 오는 손님들 때문에
이미 세척해 놓은 기계를
다시 켜야 했을 때의 경험이 떠올라

직원분의 심정도 이해가 갔으니까요.

설거지를 모두 마친 상태에서

프라푸치노 주문이 들어오면

커피머신과 믹서기와 시럽 통을 모두 다시

(겉으로 티는 안 내지만 속으로는)

울적하게 꺼내야 했던,

아르바이트 복장을 하고 있던 제 어린 시절이 떠올랐죠.

하필이면 둘 다 텀블러를 집에 두고 왔으니

선택은 일회용 잔에 음료를 받을 수밖에 없어 보였죠.

그런데 남편이 "갈증 나는데 카페 냉장고에 보이는 병 음료를

마시는 건 어떨까?" 하고 제안을 합니다.

오 마이 구세주!

직원분께 식기 마감 부담이 될 컵도 발생하지 않고,

지구에 미안하게 될 일회용 잔을 쓰지 않아도 됩니다.

그래서 저는 사과 맛 음료를

남편은 복숭아 맛 음료를 취향껏 골라

병 음료 두 개를 주문했습니다.

그냥 마실 테니 컵을 안 주셔도 된다는 말과 함께요.

저희의 병 음료 주문에 직원분께선

대놓고 표현하지는 않았지만,

살짝 입꼬리가 올라가는 웃음을 보여주셨습니다.

그러면서 수줍은 목소리로
"감사합니다."라고 하시며
"그래도 드시기 불편하실 텐데…" 하고
컵을 내미셨습니다. 저희는
"컵 괜찮아요. 목말라서 어차피 벌컥벌컥 마실 거라서요."
하고 병 음료만 산뜻하게 받고 자리에 앉아
진짜로 뚜껑을 오픈하고 병째로 시원하게 음미했답니다.

그러면서 생각해 봅니다.
사람 사는 거 다 비슷한 모양이겠다고요.
직원분께서도 오늘은 식기 마감을 좀 빨리하고
바지런히 집에 가야 할 까닭이 있을 것이고,
생판 처음 본 사이지만
서로의 그런 사정을 넌지시 추측하고
별것 아니라 해도 배려하고 이해하면서
따뜻한 공감이 생기지 않을까 여겨 봅니다.

그리고 카페를 그냥 못 지나치는 카페 참새는
늘 텀블러를 지니고 다녀야겠다고요.
텀블러가 있었다면
서로가 고민할 필요가 없었을 테니까 말입니다.

그렇게 남편과 사과 맛과 복숭아 맛 음료를

큰 인심 쓰듯 상대방에게 맛볼 기회까지 주며
밤 산책이라 쓰는 밤 차 마시는 시간을 마치고
카페를 나섭니다.

다 마신 음료병을 직원분께 전달하며 슬쩍 보니
식기 마감은 물론 바닥 청소까지
아주 반짝반짝 빛이 나도록 마무리를 끝내신 것 같았죠.

시간을 보니 마감 시간은 다 되어갔고
매장에 손님들도 저희가 마지막이었습니다.
설거지할 머그잔을 내밀지 않은 게
새삼 다행이다 싶었고,
오늘의 고단한 수고에 박수를 보내드리며
직원분께서 집이 어딘지는 모르겠지만
무사히 잘 가시기를 바라는 마음으로
"오늘 수고 많으셨어요. 조심히 들어가세요."라고
인사를 건넸습니다.

"감사합니다. 또 오세요."라는 직원분의 답인사에서
따뜻한 아메리카노처럼 훈훈한 온기가 묻어납니다.
남편과 집에 돌아오며 말합니다.
오늘 갔던 카페 어쩐지
앞으로 단골로 자주 가게 될 거 같지 않냐고요.

다음엔 텀블러를 잊지 않고 챙겨
오늘 못 마신 아메리카노를 마셔야겠습니다.

그나저나 늦은 저녁을 먹고
위장에 느껴지는 양심의 가책 때문에
밤 산책하러 나가야겠다고 한 건데
다디단 칼로리 높은 음료수를 마셨으니
위장 입장에서는 참 괘씸할 것 같기도 합니다.

위장에게 뻔뻔한 변명을 한마디 해봅니다.
음료만 마시고 돌아오는 길에
단골 포장마차에서 파는 어묵과 붕어빵을 그냥 지나친 게
어디냐고 말입니다.

위장이 "졌다, 너님의 식탐에⋯."라고
탄식하는 소리가 들리는 듯하지만,
오늘은 다른 날보다 조금 더 너그러운 하루였으니
위장에도 너그럽게 소화 기능을 발휘해 달라며
부탁해 봅니다.

사해책방

작은 책방을 우연히 발견했다.
미간을 찡그리는 주름과
입꼬리가 활짝 올라가는 웃음이 동시에 만들어지는
오묘한 표정을 지으시는 책방 사장님이 계셨다.
그런 표정은 생전 처음 보았다.
미간 주름과 웃음이 함께 하는 그분 얼굴에서
타인의 행복과 슬픔을 모두 알아줄 것 같은 신뢰가 느껴졌다.

평상시 친한 이들에겐 오두방정으로 주접을 떨지만,
내적 낯가림이 엄청난 나는 첫인상에 마음이 편해졌고,

〈퇴근 후 1시간 글쓰기〉라는 소규모 클래스에
퇴근 있는 회사원은 아니지만, 용기 내어 참여했다.
(2020년 들어 가장 잘 한 선택으로 꼽는다.)

나의 조잘조잘 떠드는 두서없는 수다도
진심으로 경청해 주었고,
엉망진창으로 쓴 서툰 글도 진심으로 격려해 주셨다.
덕분에 나는 글을 쓰고 책을 읽는 행복을
매 순간 선명하게 마주했고,
블로그에 비공개로 적어 두었던 낙서 같은 글들 대부분이
그곳에서 제법 글 같은 모습으로 완성되었다.

이름은 〈사해책방〉.
염분이 너무 많아 들어가기만 해도
몸이 둥둥 뜬다는 사해 바다처럼,
그곳에 가면 나는 하고 싶은 이야기와
쓰고 싶은 글이 너무 많아 마음이 늘 둥둥 뜬다.
수영할 줄 몰라도 겁도 없이 들어갈 수 있는 사해 바다처럼,
완벽한 문법을 몰라도 겁도 없이 글을 써 보겠노라고
들어갈 수 있는 사해책방이다.

나는 글쓰기를 좋아하지만,
그것과는 별개로 턱없이 부족한 실력 탓에

앞이 종종 막히고 답답할 때도 있었다.
그때마다 사해책방 사장님이 계셨기에 책이 완성될 수 있었다.

미간에 주름이 생기도록 진지하게,
호탕한 웃음소리가 나도록 응원해주는
세상 둘도 없는 그분만의 시그니처 표정으로
이렇게 말해주셨으니까.
"글을 정말 귀엽게 잘 쓰시는 재주가 있으세요"라는
세상 둘도 없을 (쑥스럽지만) 기쁜 칭찬을 말이다.
혹여 내 책에 소금 한 톨만큼의 괜찮은 글이 있다면,
온전히 사해책방이 내게 끝도 없이 부어주신
소금 같은 격려 덕분이다.

그곳에서 맡는 다정한 책 냄새, 그윽한 캔들 불빛,
따뜻하게 건네주셨던 차 한잔,
투닥투닥 두드리던 노트북 자판소리,
한글 문서에 채워지던 활자,
종종 냉장고에서 꺼내주신 시원한 캔맥주까지
그 모든 것에 마음을 다해 감사드린다.

애인도 없는데
실연당한 것처럼 슬플때

그런 주말이 있다.
애초에 없던 약속을 모두 취소하고
집에만 있고 싶은 주말.

그런 음악이 있다.
애인이 없는데 애인과 헤어진 것 같아
눈물 나게 하는 음악.

그런 그림이 있다.
한 번도 가본 적 없는 북유럽의 추억이 생각나
당장에 북유럽 행 비행기 티켓을 끊고 싶은 그림.

그런 사람이 있다.
처음 만났는데 이제껏 만난 것처럼 익숙해서
어제 꾼 시답잖은 꿈 이야기까지
조잘조잘 떠들고 싶어지는 사람.

그런 주말처럼
그런 음악처럼
그런 그림처럼
그런 사람처럼

그런 책을 쓸 수 있다면 얼마나 좋을까
감히 꿈꿔본다.

애초에 없던 약속을 취소하고
집에만 있고 싶은 주말에 읽고 싶은 책.

애인이 없는데도 애인과 헤어진 것 같아
눈물 날 때 위로가 되는 책.

한 번도 가본 적 없는 북유럽의 추억이 생각나
당장에 비행기를 타고 싶을 때
여행용 가방에 넣고픈 책.

처음 만났는데 어젯밤 꿈 이야기 같은
사소한 것까지 나누고 싶은 사람에게
건네주고 싶은 책.

이루기 어려울 만큼 당치 않은 큰 꿈을
이 책에 담아본다.

마치 주말에 약속은 없지만,
취소는 할 수 있지 않냐는 뻔뻔함으로,
애인은 없지만 헤어짐에 아파하며 울 수 있는 감성으로,
북유럽에서 찍은 사진 한 장도 없지만 그리워할 패기로,
처음 만난 사람과 별것 아닌 꿈 이야기로
친해질 수도 있지 않냐는 용기로 말이다.

작고 귀여운 나의 행복

1판 1쇄 발행 | 2020년 05월 12일
1판 3쇄 발행 | 2021년 03월 24일

지 은 이 밀리카
기획편집 정영주
디 자 인 김태은

발행인 정영욱
일러스트 똥그리(@dydworld)

펴낸곳 (주)부크럼
주 소 서울 구로구 디지털로31길 38-21이앤써드림타워3차 303호
전 화 070-5138-9971~3 (도서기획제작팀)
이메일 editor@bookrum.co.kr
인스타그램 @bookrum.official
블로그 blog.naver.com/s2mfairy
포스트 post.naver.com/s2mfairy

ⓒ 밀리카, 2020
ISBN 979-11-6214-330-8(03800)